JN072697

車浮代
Kuruma Ukiyo

天涯の海

酢屋三代の物語

潮出版社

天涯の海

酢屋三代の物語

目次

装幀　高柳雅人

装画　昇亭北寿〈東都佃島之景〉（江戸時代　ボストン美術館所蔵）

別丁扉挿画　染谷波光〈酢造り工程絵図〉（明治時代　ミツカングループ提供）

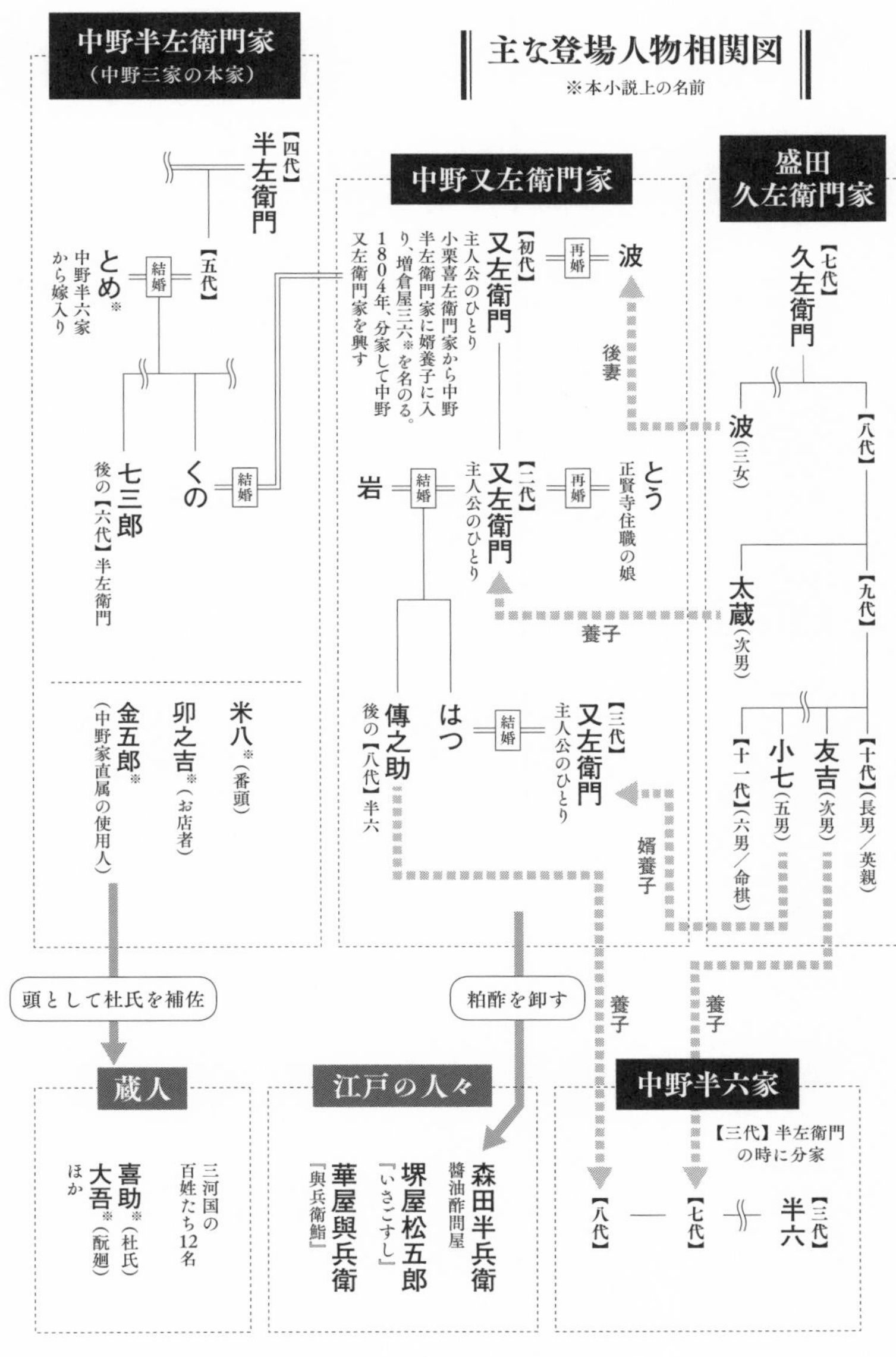

主な登場人物相関図
※本小説上の名前
中野半左衛門家
（中野三家の本家）
【四代】半左衛門
【五代】
とめ※
中野半六家から嫁入り
結婚
七三郎
後の【六代】半左衛門
くの
米八※（番頭）
卯之吉※（お店者）
金五郎※（中野家直属の使用人）
中野又左衛門家
【初代】又左衛門
主人公のひとり
小栗喜左衛門家から中野半左衛門家に婿養子に入り、増倉屋三六※を名のる。1804年、分家して中野又左衛門家を興す
再婚
波
後妻
【二代】又左衛門
主人公のひとり
とう
正賢寺住職の娘
岩
はつ
傳之助
後の【八代】半六
【三代】又左衛門
主人公のひとり
婿養子
養子
盛田久左衛門家
【七代】久左衛門
波（三女）
【八代】
太蔵（次男）
【九代】
【十代】（長男／英親）
友吉（次男）
小七（五男）
【十一代】（六男／命棋）
頭として杜氏を補佐
粕酢を卸す
蔵人
三河国の百姓たち12名
喜助※（杜氏）
大吾※（酛廻）
ほか
江戸の人々
森田半兵衛
醤油酢問屋
堺屋松五郎
『いさごすし』
華屋與兵衛
『與兵衛鮨』
中野半六家
【三代】半左衛門の時に分家
【三代】半六
【七代】
【八代】

『天涯の海』の舞台

浅草
両国橋
與兵衛鮨
笹巻けぬきすし
江戸城
日本橋
新川大神宮
いさごすし
霊岸島
（新川）
永代橋
富岡八幡宮
佃島
江戸（十九世紀中期）

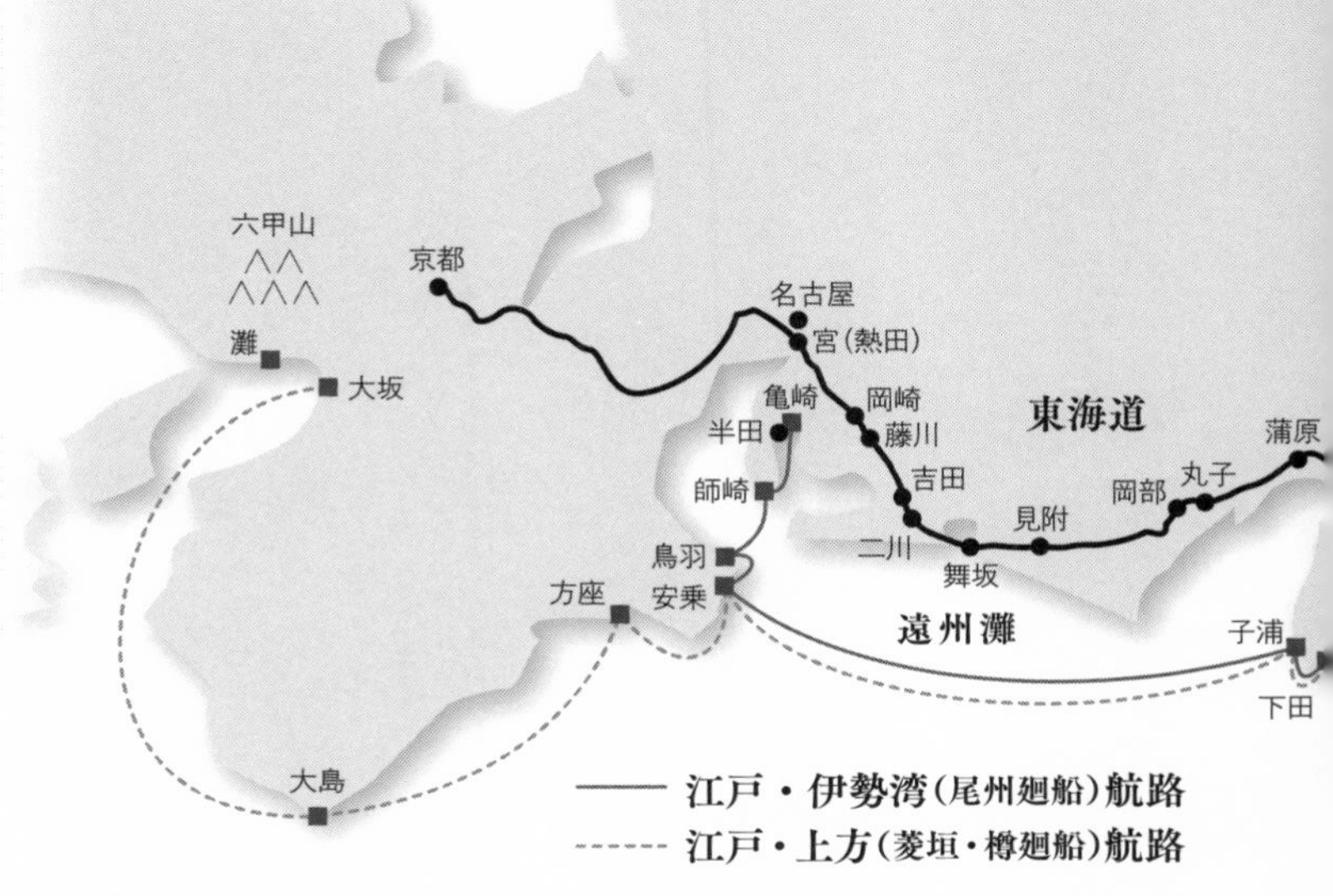
六甲山
京都
名古屋
宮（熱田）
灘
大坂
亀崎
半田
岡崎
藤川
東海道
蒲原
師崎
吉田
丸子
岡部
見附
二川
舞坂
鳥羽
安乗
方座
遠州灘
子浦
下田
大島
江戸・伊勢湾（尾州廻船）航路
江戸・上方（菱垣・樽廻船）航路

天涯の海

酢屋三代の物語

序章

梅雨晴れの空は清く澄み渡り、真綿をちぎったような細かな雲が、遠くに浮かんでいる。面に当たる風は心地良く、半白髪の鬢を背後に吹き上げてゆく。

三代・中野又左衛門は弁才船の舳先に立ち、凪いだ海の先に凸凸と浮かんでいる島々を眺めた。船の先端に刃金のごとく嵌められた水押（船首材）が、海面を割いてさざ波を起こすのと同様に、又左衛門は己が身を挺して、空を拓き進んでいるかのような気がした。

昨夜遅く、豪雨が降り始めた時には出航が危ぶまれたものだが、一晩中降り続いた雨は明け方には止み、一転して今朝の蒼天をもたらしてくれた。

（ようやっと、ここまで来たか……）

又左衛門は空を仰ぎ、潮の香を孕んだ風を、腹一杯に吸い込んだ。

遡ること一年半前の嘉永七（一八五四）年十一月四日。

辰ノ上刻（午前八時頃）に起こった『安政の東海地震』は、又左衛門の住む尾州知多郡半田村（現在の愛知県半田市）の大地をも大きく揺るがしたが、その時はまだ、いくつかの家屋が倒壊し、地割れができたに過ぎなかった。

ところが、人々の動揺が治まりかけた夕刻。再び激しい揺れが村を襲い、肝を震え上がらせる轟音が海の方角から迫ったかと思うと、天にも届くほどに立ち昇った大波が、一瞬にして村を呑み込んだ。

さらに翌・安政二（一八五五）年八月には、台風と大洪水により、中野家の屋敷や蔵を含む下半田全体が水に浸かった。

ちょうど当番制の庄屋に就任していた又左衛門は、村の復興に全精力を傾けた。被害からわずか三日後には、排水用の水路の確保に着手した。山方新田を切り開いて船江を拡げ、川の流れを変えるという大胆な工事であった。

加えて、田畑や仕事を失った村民のために、湊から離れた上半田の山﨑に本邸を移す決心をし、村人たちを大勢雇い入れた。かつて半田城があったこの地は高台になっており、再び洪水が襲ってきても人々が避難できるよう、広大な心字池が掘られることになっている。

本邸の造営はまだまだ続いているが、酢造りの復活と、富士宮丸の修理が完了したため、およそ一年半ぶりに江戸への荷出しができたのが、今日という日であった。

振り返れば出港した半田湊は遥か彼方。知多半島と、対岸の三河碧海郡に挟まれた衣ヶ浦は、大河のようにも、すでに大海原に漕ぎ出したかのようにも見えるが、見上げた弁才船の帆は、未だ帆桁に縛り付けられたままである。

「旦那様、もうここいらで降りんね」

富士宮丸の船頭である為助が、又左衛門の後方から声をかけた。ねじり鉢巻きに半纏を羽織った海の猛者の顔は、日に晒され続けたために黒光りし、深い皺が刻み込まれている。

「このまま、江戸まで行ってみたいものだ……」

又左衛門はつぶやくように言って、再び前方の島々を、後ろ髪を引かれる思いで眺めた。

三年前に、江戸見物に出掛けた二代目の義父から、江戸の繁栄ぶりと、義父が開発した最上級の粕酢である丸勘『山吹』の浸透のほどを、繰り返し聞かされている。さらに、たまたま義父の江戸からの帰り路、遠州灘を悠然と進む亜米利加の黒船を見かけたらしく、その後の異国の動向も気にかかる。

また、半田の復興事業に携わっている身としては、昨・安政二（一八五五）年十月二日の深夜に起こった『安政の江戸地震』で、壊滅的な被害を受けたという江戸の町が、どれほどの復興を遂げたのかを確かめたいという思いもある。

「手形もねえに、ちょうけたこと言いなさんな。いかんに決まっとろうが。それに、旦那様の身に何ぞありゃあ取り返しがつかんし、この先のどえりゃあ航海に、あんたさまが耐えられるとも思えんに」

為助はにべもなかった。

出航直前に滑り込んで来た小型の伝馬船が、船主の一人である又左衛門を乗せていたのにも驚いたが、十一個の酢樽を積み込んだ後、富士宮丸に乗り込んで来た時には、迷惑顔を抑えるのに苦労した。

「すまないが、岬まで乗せてくれんか。江戸に続く海を見てみたいんじゃ」

そう言って又左衛門は、童子のように目を輝かせたのだ。

ここ数年の又左衛門の労苦を思えば、この船に懸ける意気込みはわからぬでもない。為助自身、十二分に航海の重責を感じている。ふと見下ろすと、伝馬船の船頭も苦笑いをしていた。

為助は、舳先にいる又左衛門の身体を慎重に支えて、挟の間に降りる階段に導いた。船乗りたちの生活の場であるこの部屋を抜けると、船の中央にある甲板に出られる。甲板のほとんどは揚げ板式になっており、荷積みの際は板を外して、四斗樽を船底に運び入れることが可能であった。

又左衛門は己の足下に、五百樽もの粕酢が納まっていることを思い、目を閉じた。

（どうかこの船が、無事に江戸に着きますように）

『板子一枚下は地獄』と言われるように、航海には遭難がつきものである。まだ又左衛門が婿養子に入る前のことであるが、富士吉丸が大破した際、船頭と水主（船乗り）を合わせて九名のうち七名が死亡し、金銭のみで三百六十両という損害を被ったことがあり、造船費を含め、立て直しに苦労したと二代目から聞いている。

又左衛門はさらに、外艫（船尾）から半田村を見たいと無理を言い、四半刻（約三十分）ほどして、再び二人は甲板に戻って来た。

為助は、伝馬込と呼ばれる搬入口の垣立（柵）を外した。併走していた伝馬船との間に、二尺幅（約六十センチメートル）の頑丈な板が渡されると、

「早う、行きなっせい」

為助は又左衛門に呼びかけ、手を引いてあぶみ板に乗せた。

船渡りに不慣れな又左衛門は、恐る恐る揺れる板の上を進んだ。均衡を崩せば、たちまち海に落ちてしまう。子供の頃から泳ぎには慣れているものの、ハレの日用の黒紋付に仙台平の袴を台無しにしては、さすがに妻のはつが黙ってはいまい。

やっとのことで伝馬船に降り立ち、板が回収されるのを見届けると、

「しっかり頼んだぞ」

又左衛門は為助を見上げて大きくうなずきかけ、伝馬船の梁に腰を下ろした。

「待たせてすまなかったな」

船頭に一声かけて、遠ざかっていく富士宮丸の勇姿を見送った。

小回りが利き、荷の積み下ろしがし易いよう、富士宮丸は三百十石積と、弁才船にしては

小さめの船であった。それでも大きく反り上がった船体は圧巻で、巨大な舵を内包しているため、外艫には、漏斗を縦に割ったような深い穴が空いている。つい先ほどまで、あそこから村を見渡していたのだと思うとゾッとする。

（為助が止めたわけだ……）

「旦那様ぁ！　行ってくるでよぉ！」

「わしらに任せちょき！」

外艫の上部の艫櫓には、為助の他に親父（水夫長）と賄（事務長）と表仕（航海士）の三役が並び立ち、又左衛門に手を振ってくれていた。彼らに下働きの水主たちを加えたわずか九人で、短い時で七日間、長い時には二十日間もかけて、江戸まで荷を運ぶことになる。

知多半島を主に、尾張藩内に船籍を持つ船を『尾州廻船』と呼ぶ。

江戸に向かう尾州廻船は一旦、志摩半島の鳥羽や安乗に寄港する。これらは『風待ち湊』とも呼ばれ、ここで天候と海の状態を見定めて、順風の日に帆を張り、難所である遠州灘を一気に越える。早い時には一日で伊豆半島まで辿り着くという。

伊豆半島では、子浦、妻良、長津呂、下田、外浦など、地形に沿って丁寧に停泊しつつ、網代から相模湾を経由して三浦半島の小網代に渡り、三崎を通って浦賀の番所で改めを受け、神奈川で停泊した後に、江戸の新川で積荷を下ろすのであった。

三代・中野又左衛門は文化五（一八〇八）年、小鈴谷村の盛田久左衛門の五男坊として生まれた。幼名は小七と言い、二十五歳の時に、先代の娘・はつと夫婦になり、婿養子に入った。

先代には傳之助という長男がいたが、その時点ではまだ七歳の子供であったため、又左衛門家を継ぐには至らなかった。

初代も先代である二代目も、実は中野家の直系ではない。

初代は小栗家から中野家に入った婿養子で、子供ができなかったために、初代の後妻・波の甥っ子の太蔵が、二代目として養子に迎えられた。波は七代・盛田久左衛門の三女であり、太蔵は同・八代目の次男である。

つまり又左衛門にとって、二代目である義父は父の弟に当たり、二十一歳で中野家に入るまでは、叔父・甥として同じ盛田家で暮らしていた間柄で、年齢も十七しか離れていない。

幼い頃からよく知る叔父は、真面目で面倒見が良く、穏やかな人柄であった。当主の父に代わって、自分たち兄弟に読み書きや算盤を教えてくれた。いずれは暖簾分けして、盛田の分家を興すものだと思っていたが、人物が見込まれ、中野家の跡取りとなったのだ。

又左衛門はたった一度だけだが、義理の祖父に当たる、初代に会ったことがある。

文化十三（一八一六）年、初代が六十一歳で隠居を決め、正式に叔父に家督が譲られることになった、披露目の席でのことだ。

中野の本家、分家をはじめ、初代の生家である小栗家、初代の後妻と二代目の生家である盛田家の面々などが、大広間に集められた。

当時まだ九歳で、小七と名乗っていた又左衛門は、大好きな叔父の晴れ姿を一目見たくて、父に頼んで同席させてもらったのだ。

緊張する叔父の隣に座する初代は、分限者(ぶげんしゃ)らしからぬ腰の低い好々爺(こうこうや)であったが、父と共に祝辞を述べに行った小七は、柔和な笑顔の中に、一瞬鋭く自分を見据える識者の目を感じ、たじろいだ。

（さすがに、只者(ただもの)やないに）

小七は子供心に、ゾッと肌が粟立(あわだ)ったのを覚えている。

初代はこの席で、

「わしは今後、『増倉屋三六(ますくらやさんろく)』を名乗る」

と宣言し、周囲をどよめかせた。『増倉屋』は初代が婿養子に入った、中野半左衛門(はんざえもん)家の屋号であった。今は亡(な)き、先妻の弟に譲った本家の屋号に戻るということは、本家への従属を示すと共に、「今後一切、この家のことは二代目に任せ、口出しはせぬ」という決意に取れ、叔父の背筋がさらに伸びたように見えた。

六人いる兄弟の中で、己がこの家に迎え入れられたのは、嫡男でないのはもちろんのこと、叔父に一番懐いていたことと、あの時、初代に謁見していたことが大きいように思える。〝小七〟は、初代のお眼鏡に適ったというわけだ。

その初代は、又左衛門が婿養子に入る四年前に亡くなった。二十一歳の自分が初代に再会したのは、亡骸となり、丸桶に納められて運ばれてゆく葬列時の姿であった。


大小取り交ぜた帆掛け船が所狭しと並ぶ衣ヶ浦を、又左衛門を乗せた伝馬船は滑らかに進んだ。船頭は巧みに櫂を操り、船がぶつかるのを避けている。

又左衛門の目前に、半田湊が迫ってきた。大災害からの復興で、修理を終えて間もない黒板塀の蔵が、海岸に沿って立ち並んでいる。それらの多くは酒蔵であるが、又左衛門が所有する酢蔵が、近年は最も売り上げを伸ばしている。

(三代続いて直系の跡継ぎがでけんのは、周りのやっかみの念かも知れんのう)

中野家に入って二十年以上経つが、四十九歳の自分にも、とうとう子宝が授からなかった。

三代にわたって、中野又左衛門家が半田村に多大な貢献をしたことは間違いない。それは又左衛門家に限らず、酒造業を興し、大地主でもある本家・中野半左衛門家、醸造業と廻船業を営み、尾張藩勝手方御用達となった中野半六家を含めた中野三家と、己の生家である盛田久左衛門家が力を合わせて行って来たことだ。

村人たちが、深い絆で結ばれた四家に寄せる、尊敬と感謝の気持ちに疑いはないが、彼らの繁栄を快く思っていない人間もまた、各地にいるのだ。義父から聞いた初代の偉業は、艱難辛苦に立ち向かって来た、変革と挑戦の歴史でもあった。

岸に降り立った又左衛門は、店には戻らず、そのまま義父の屋敷に向かった。

初めて弁才船に乗って航海した興奮冷めやらぬままに、今ひとたび、初代の逸話を聞いてみたくなった。

第一章　増倉屋三六

この朝——。

中野半左衛門家の家紋である『丸に算木』の袢纏を着、鉢巻きをした蔵人たち十二人は、いつものように夜明け前に起き、神棚に手を合わせてから、酒蔵の前に並んだ。

先頭に立つ杜氏の喜助の前に、頭の金五郎が進み出た。錠前を開けるのは、中野家直属の使用人で、杜氏の補佐役を務める金五郎の役目である。他の蔵人たちは皆、喜助が三河国（現在の愛知県東半部）から連れて来た百姓たちであった。

彼らは毎年、田畑の刈り入れが終わった秋から、田植えが始まるまでの農閑期に、こうして出稼ぎにやって来る。この約半年間は、家族から離れ、同じ釜の飯を食い、同じ部屋で寝起きすることになる。上下関係は厳しく決められており、下っ端の飯焚から始まり、下人、中人、上人、道具廻、釜屋、酛廻、麹廻……と、出世する度に仕事の役割が変わってゆき、蔵の中の全てを采配するのが杜氏である。

金五郎が恭しく扉を開けると、喜助は静謐な蔵の中に、草鞋履きの足を踏み入れた。

「なんや、こん臭いは？」

冷たく澄んだ空気の中、わずかだが、酸味を帯びた異臭が漂っている。喜助は立ち止まって周囲を見渡した。後に続いた蔵人たちも異変に気づき、それぞれに臭いの元を探ろうと、千々に散った。

「おやっさん」

心配顔で近寄る金五郎を、

「どいてくりゃあ」

喜助は右手で押し退け、巨大な大桶が左右に立ち並ぶ、貯蔵場の中央に立った。喜助は鼻をひくつかせ、手前から二番目に鎮座する大桶に近づき、そっと手を触れて、中の酒に問いかけた。

（おまんか……）

六尺（約百八十センチメートル）もの高さと直径を持つ大桶に満たされた酒が、〝焼けて〟悲鳴を上げている。火入れを済ませ、厳重に蓋の目張りもしたはずなのに、なぜこんなことになったのか。三ヶ月間も寝かせ、あと数日で出荷というところまで来て……！

喜助は拳を大桶に打ち付けた。自分たち酒屋者が一番恐れるのは、丹精込めて造った酒が火落ち（腐造）し、酢になってしまうことだ。しかもこの病は手当てが遅れると、他の桶にも飛び火する。

（焦らず急げ、だに）

喜助は、三十年に及ぶ蔵人生活の中で一度だけ、蔵中の酒が全て酢になり、廃業に追い込まれた蔵元に勤めたことがある。まだ十代の、一番下っ端で飯焚をしていた頃のことだ。焼けて酢になってしまった酒を『辛酒(からざけ)』と呼ぶ。辛酒は酒酢(さけす)として販売できるが、酢は酒の十分の一以下の値でしか売れず、それまでの手間と時間を鑑(かんが)みれば、割に合わないこと甚(はなは)だしい。最初から酢を造るのであれば、これほど慎重になる必要はないのだ。

喜助は大桶の下方に、縦に二つ並んだ呑口(のみくち)の、上呑(うわのみ)の方の木栓を引き抜いた。穴から流れ出る酒を升で受けると、木栓を再び穴にねじ込んだ。祈るような思いで、升をそっと鼻に近づける――。

「……」

蔵人たちが、喜助を取り囲む輪を縮めた。喜助は眉間に皺(しわ)を寄せたまま、酒を口に含んだ。

「どうだに？　直しが効きそうかや？」

金五郎が、喜助の横顔を見つめて聞いた。

時が経(た)ってドブ臭くなった酒や、酸味が出た酒は、炭か、牡蠣(かき)や草木の灰を加えれば、傷みの度合いによってはある程度まで蘇(よみがえ)らせることができるのだが……。

「手遅れだに。頭は、すぐに旦那様方に知らせてくれ。それとおまんらは……」

喜助は蔵人たちを見渡して命じた。

「一刻も早うこの桶ば空にして、こん蔵からいごかさにゃならんで。ええな！」

「へい！」

蔵人たちの声が、酒蔵にこだました。

酒蔵が厄災に見舞われていた暁七ツ（午前四時頃）、後の初代・中野又左衛門こと増倉屋三六は、毎朝の日課通り、中野家先祖代々の仏壇の前に座し、経を読んでいた。新妻のくのと義母のとめも三六の背後に控え、手を合わせている。

五年前の安永三（一七七四）年、中野本家の当代であった五代・中野半左衛門が急死した。隠居した四代目が存命であったのが不幸中の幸いで、当面は先代が復帰して凌ぐことになったが、困ったのは跡継ぎだ。

いずれ六代目となる長男の七三郎は、当時まだ三歳の幼児で、一人前に成長するまで四代目との間を繋ぐ、後見人を立てなければならなくなった。そこで白羽の矢が立ったのが、中村の小栗三六であった。

五代目の死から五年後の安永八（一七七九）年に、二十四歳の三六は、二十歳の長女くのの婿として半田村の中野家に迎えられ、同家の屋号である『増倉屋』を名乗ることになったのである。

だがこの縁談は、小栗家にとっては苦渋の決断となった。父の喜左衛門には、三六の他に子がいなかったため、唯一の跡取り息子を養子に出したことになる。七年前に酒蔵を興したばかりの小栗家から見れば、代々続く中野本家は、比較にならないほどの大店ではあったが、婿養子とはいえ、あくまで中継ぎ役でしかなく、三六が中野家の六代目を継げるわけではない。

「順当に暮らしておれば、やがては小栗家の当主となり、親子で店を盛り立ててゆけたもんを。慣れ親しんだ生家を離れ、堅苦しい大店の跡取りの後見人になるなど、不憫でならん」

と、三六の母は泣き崩れた。

「人様の影にするために、これまで大事に育てて来たんやないに。おらあ三六に、死に水ば取ってもらうつもりやったに……」

それでも父がこの申し入れを受けたのは、縁談を持ち込んだのが、くのの母で、急死した五代目の妻である、とめであったからだ。

とめは、廻船業も営んでいる中野半六家の出で、小栗家は半六家から、諸々の融通をつけてもらってきた恩義があった。さらに、三六とくのの間に生まれた子は小栗家の養子にする、という取り決めにより、「孫を引き取ることができるのなら」と、三六の母も得心するに至った。


中野家に婿入りして三ヶ月。三六は小栗家の後継ぎとして育てられてきたため、酒造りについては熟知していたが、大店の当主としての役割は身につけていなかった。

義祖父となった四代目が存命中に、できるだけ多くのことを吸収し、義弟の七三郎にしっかりと伝えていかなければならない。そして早く子供を作って、両親を喜ばせたいと願いながら、真摯に日々を暮らしていた。

そこへ、

「三六様、どえりゃあことになったに！」

襖（ふすま）の向こうから、金五郎のがなり声が聞こえた。ちょうど経を読み終えた三六は、素早く蠟燭（ろうそく）を煽（あお）ぎ消し、襖を開けた。

「何事です？」

「二番桶がやられたに！」


三六が酒蔵に着いた時、住み込みのお店者（たなもの）や女中たちが、すでに蔵の周りに集まっていた。傷んだ酒が入った運搬用の試桶（ためおけ）が、蔵人たちによって次々と運び出され、蔵の外に用意した、腰程の高さの枝桶（えだおけ）に溜（た）められてゆく。

「お店衆（たなしゅう）には、物置の掃除をお願いするに。二番桶が空になったらそっちまで転がして、汲（く）み出した酒を戻すだに」

喜助の指示を受け、お店者たちは直ちに物置に向かった。

「おまんらは、汲み出しが終わったら、柿渋（かきしぶ）を薄めた水で、蔵中を隅々まで拭（ふ）き清めるだに。特に大桶はきっちり頼むでね」

「へい！」

試桶を肩に担（かつ）いだまま、蔵人たちが返事をした。

「親方！」

三六が駆け寄ると、喜助は床に両手をついて頭を下げた。

「三六様、こがいなことんなって、ふんとうに申し訳ねえ！」

「そんなことより、一体何があったのです？」

三六は喜助の腕を摑んで立ち上がらせた。

「こっちさ来てくんなっせえ」

喜助は蔵の奥に入り、二番桶に立てかけた、五段梯子の下に三六を導いた。

「上がってみてくだせえ」

三六は梯子の上に立ち、大桶を見下ろした。

貯蔵期間に入った酒は、空気が入らぬよう、半月形をした前蓋と後蓋を合わせ置かれ、その上に幾つもの搭石（重石）が載せられ、隙間はきっちりと紙で目張りされているはずであった。ところが、合わせ目の目張りが刃物で切り裂かれ、その周囲が濡れていた。

三六が顔を近づけると、ツンときつい、酢の香りがした。

「これは……！」

「誰かがわざと、酒を焼いただに」

喜助が三六を見上げて言った。

下手人は、裂いた目張りの隙間から酢を注ぎ入れたのである。酒に酢が入ると、数十日で酒全体が酢に変わる。

「誰が、いつ、どうやって蔵に入ったと!?」

三六は声を荒げた。

「わかりゃあせん。けど、窓の引き戸が開いて、格子(こうし)が一本、切られちょったに」

喜助が顔を向けると、その先の窓で金五郎たちが、侵入者の痕跡を探していた。……と、

「三六！　昨夜の戸締りはおまんだな？」

しわがれた声が聞こえ、三六は慌てて梯子を降りた。この家で三六を呼び捨てにするのはただ一人、義祖父である四代・中野半左衛門翁(おう)だけである。

「大旦那様、申し訳ねえ！　おらのせいだで。うちの見回りが気づかんかった不手際(ふてぎわ)じゃ」

喜助がひれ伏した。杖(つえ)をつき、顎鬚(あごひげ)を生やした半左衛門翁は、冷ややかに喜助を見つめている。その目が、ギロリと三六に注がれた瞬間、三六は弾(はじ)かれたように喜助の隣に並んで手をついた。

「いえ、悪いのは私です。ついうっかり、窓を閉め忘れたのではないかと……」

「こんの、大馬鹿モンが！」

半左衛門翁の杖が三六の背中に打ち下ろされ、蔵人たちは一斉に肩をすくめた。

「くっ……」

三六は歯を食いしばって痛みに耐えた。加えて、皆の前で叱責されている恥ずかしさに、

目も眩むような思いがした。

「〝つい〟じゃと？　〝うっかり〟じゃと？　そんなちょうけた言葉、中野家にはないわ！」

「……」

「小栗の家では〝うっかり〟が許されるのか？」

「……いえ」

三六の指はガタガタと慄え、血の気がスウーッと引いてゆくのを感じた。

「惣領息子のおまんを無理にもろうてきたことで、わしらはみんな、おまんに遠慮し過ぎちょったようじゃの。……ええか、七三郎の後見人として役に立たんと思うたら、いつでも離縁して放り出しちゃるからな！　……帰れると思うて喜ぶんは早いぞ。そん時は半六にゆうて、おまんとこの後ろ盾を外させるから、そんつもりでな！」

ぐうの音も出ない、とはこのことである。三六はただただ、額を床にこすり付けるしかなかった。

「あの、大旦那様」

恐る恐る半左衛門翁に声をかけたのは、頭の金五郎である。

「鍵の開け閉めは、本来ならわしの仕事でごぜえやす。昨夜は寄り合いがあったもんで、鍵を若旦那様に預けやしたが、その前に、窓は全部、確かにわしがこの手で閉めやした。若旦那様にも、錠前をかけるだけでええですから、と……」

「阿呆が。誰が閉めたとか閉めぬとか、そういうことを言うておるのではない。心根の話ぞ。素直に詫びれば良かったものを、喜助を庇って言い訳をして、自分なら許されると思うちょる。その甘えと傲りが気に食わんのじゃ。ここで心根を入れ替えさせせんと、こやつに教わった七三郎は、中野の身代を潰しかねんぞ！」

三六は、ぎゅっと両手を握り締めた。

「確かに、私が甘うございました。きっと、心根を入れ替えて励みますので、どうかお許しくださりませ！」

指の慄えは、いつの間にか止まっていた。

「またこの度の償いに、必ずや下手人を捕まえてご覧に入れます！」

三六は顔を上げた。義祖父の言う通り、自分の中には〝傲り〟があった。それはかすかではあるが、無念が混じった感情のように思う。

実は三六には許嫁がいた。それも、小鈴谷村の大地主の娘で、一度会っただけではあるが、互いに好意を抱いていた。その娘と夫婦になれば、小栗家の繁栄は約束されたようなものであった。

だが父は、私欲より恩義を取った。それは人として当然のことで、三六も納得ずくではあったが、後継者の地位と、良縁を諦めて婿入りしたことで、どこか自身が犠牲になったような、さらには中野家に恩をかけたような気になっていたのである。

（割り切ったつもりだったのに……）

そう、己に足りないのは〝覚悟〟だったのだ。

何者かの手によって、二番桶に酢を入れられ、中の酒が台無しになってしまうという騒動が起こってから、三日が経っていた。

「三六様、またこげえなとこで。あんまし根詰めちょったら、帳場で船漕ぐことになるだに。たいがいにしなっせえ」

頭の金五郎は燭台を手に、酒蔵に足を踏み入れた。こうして立っているだけで、何千本もの針で刺されたかのように、足先からピリピリと冷気が這い上がってくる。

そんな厳しい寒さの中、三六は綿入れの上に夜着を被って、明かりもつけずに酒蔵の中央に座り込んでいた。

「表に見張りも立てとることだし、こげに寒さがぶり返しちょる夜は、炬燵くれえ入れて、温うしとればいいだに」

櫓の中央に火鉢を入れる形の置き炬燵ならば、炬燵布団の中の空気が暖まるだけで、酒に悪影響を及ぼすこともない。

「そうはいきません。炬燵なんぞ入れたら、心地よさにたちまち眠ってしまいそうで。私は大旦那様に、下手人を必ず捕まえると誓ったのです」

三六は唇を震わせながら答えた。金五郎はやれやれとため息をつき、半纏の袂から、布でくるんだ懐炉を取り出した。

「囲炉裏の熾火を詰めちょきましたで、使うてくだぁさい」

「ありがたい」

三六は懐炉を受け取るや頰に当てた。

「気の済むようにすりゃあええですが、明日は樽詰めだで、しっかり寝らんと夜までもちゃせんに」

杜氏の喜助の判断で、他の大桶が無事なうちに、早めに酒を出荷しようという段取りになっていた。

「だからこそ余計に、今晩は用心しないと……」

金五郎は三六の隣に座り込むと、ぶら下げて来た大徳利を床に置き、懐から湯呑みを二つ取り出した。

「火種がのうて燗ができんかったで、代わりに三年もんの古酒を持って来たに」

長期間熟成させた古酒は、甘く芳香が立ち、燗をすると癖が出てしまうため、そのままで飲む方が旨い。金五郎は三六の手に湯呑みを持たせ、大徳利を傾けた。

「私はもう、そのぐらいで」

半分ほどの酒が満たされたところで、三六が湯呑みを上げた。身体が温まるぐらいの量で十分だ。飲みすぎると眠くなってしまうし、無理に飲まされるという経験もなかったからか、酒に強い方ではない。

「増倉屋の後見人が、何をゆうちょる」

金五郎は取り合わず、二つの湯呑みに酒をなみなみと注いだ。三六は、無言で金五郎と湯呑みを合わせると、そっと一口、古酒を喉に流し込んだ。たちまち腹が焼け、冷え切っていた身体に明かりが灯ったような気がした。

「ほいで？　下手人の見当はつきなさったかね」

ゴクゴクと喉を鳴らし、一気に酒を飲み切った金五郎が、三六の顔を覗き込んだ。

「頭はどう思いますか？」

尋ねながら、三六は夜着を一枚脱いで、金五郎の肩にかけた。

長い夜になりそうだった。

喜助の采配により、翌日の早朝から、酒の樽詰めが始まった。

蔵人たちは一つの大桶に三、四人ずつ、三組に分かれて作業を行う。まずは異物が入らないよう、大桶の呑口に手拭いを被せ、漉し出た酒を大半切桶に一旦溜める。桶がいっぱいになったら、空の桶に差し替える。

満たされた大半切桶の酒は、柄杓で汲み上げられ、四斗樽の鏡（天面）の天星（穴）に差し込んだ、樽詰漏斗に注がれ、樽に詰められる。当然、四斗樽の中にいかほどの量の酒が入っているかは見えないため、鏡を木槌で叩き、その音の返りで酒の量を判断するのである。だが、これで樽詰めは終わりではない。天星を木栓で仮栓した後、出荷までに二、三日は寝かせなければならない。この間に、中の酒が樽木に浸み込み、膨張して木と木の隙間を塞ぐのを待つ。目減りした酒を小詰漏斗で注ぎ足してから、木栓をしっかりと天星に打ち込み、菰を巻き、運びやすいよう三ツ不動に縄をかけて、晴れて出荷と相成る。

三六と金五郎は、仮栓した四斗樽の個数を数えながら、蔵人たちや、雑用に駆り出されたお店者たちそれぞれの動向に目を光らせていた。

昨夜、金五郎と四半刻（約三十分）ほど話をした三六は、その後、一刻（約二時間）ほどして酒蔵を出た。

自室の襖を開けると、己の布団で妻のくのが寝ていた。不思議に思いつつ、くのを起こさないよう、静かに隣の妻の布団に入ろうとした。と、

「旦那様」

くのが呼びかけた。

「すまない、起こしてしまったか」

「そうではありません。そろそろお戻りかと思い、お布団を暖めておりました」

「なんと。太閤の倣いか……」

三六がつぶやいた。

豊臣秀吉が、まだ織田信長の草履取りであった頃。懐で草履を暖めたことで信長に気に入られ、出世の糸口を摑んだ逸話は、あまりにも有名である。

くのはクスクスと笑い、

「これしきのことでしか役に立ちませぬゆえ。どうぞこちらでお休みください」

暖が逃げないよう、横滑りに布団から出ようとするのを、三六が反対側から身体を入れて、押し戻した。

「布団より、おまえの懐の方が温かろう」

三六はくのを抱きしめた。三六の身体は氷のようであるだろうに、くのは文句も言わずにふわりと抱き返してくれた。

「……ご大儀さまでございました」

結句、一刻（約二時間）ほどしか眠れてはいないが、三六の気力は充実していた。婿入りして三ヶ月、初めて妻を、心から愛おしむ気持ちが生まれたように思う。

これまではどこかよそよそしく、互いに遠慮がちだった。『早く実家の跡取りとなる子供を作って両親を安心させ、さらにはもう一人、手元で育てる我が子が欲しい』という思いとは裏腹に、くのは病弱で、発熱して寝込むことが度々あった。

儚げな妻をいたわらねばと思いつつも、じれったさも感じていた。くのも三六の焦りに気づいており、せめてもの気遣いを見せてくれたのだ。

（大丈夫だ。私たち夫婦はうまくやれる）

姿を垣間見ただけで、一言も言葉を交わすことなく祝言を挙げた二人であったけれど、またそれが、珍しくもないことではあるけれど、心を通わせることができたなら、こんなに嬉しいことはない。


「三六様」

金五郎に声をかけられ、三六はハッと我に返った。金五郎の視線を追うと、十代の若いお店者が、空の四斗樽を運んでいた。

「卯之吉が……？」

密やかな声に、金五郎がうなずいた。

「うちに古くから奉公しとるんは、忠義者ばっかりだに。だとすると、新入りのあやつが一番怪しい。率先して酒蔵の手伝いをしたがるんも、なんぞ魂胆があるからかも知れん」

二人はそれぞれに、増倉屋の中に曲者がいると狙いをつけていた。あるいは他に下手人がいるにしても、手引きをした者がいるに違いない、と。

そうでなければ、高い塀を乗り越え、梯子をかけて酒蔵の窓の引き戸を開け、格子を鋸で切り、大桶の目張りを裂いて酢を流し込む、などという大それた動きが、誰にも見つからずにやれるはずがない。

少なくとも裏口の錠を開閉し、あらかじめ窓の格子を切っておいて、切り口を偽装した人間がいる、と踏んだのだ。

「けれど卯之吉は、先代の番頭の息子だと聞いています。そんな者が……」

「あやつはここに来る前、江戸の醤油酢問屋で手代をしちょりました。向こうで悪い遊びを覚えて来たんやないかに」

「それは憶測に過ぎません。酒蔵に仕掛けができる者となると、むしろ蔵人衆の方が……」

「それはないに」

「なぜです？」

「親方の仕切りに間違いはないに。わしも皆のことはよう知っちょるが、仲間を裏切るような輩はおらん」

金五郎は増倉屋の人間だが、酒を仕込む期間は毎年、頭として蔵人たちと寝食を共にするだけに、皆への、特に喜助への信頼は厚かった。

「なるほど」

答えつつも三六は、金五郎の話に納得したわけではなかった。己にそんなつもりはなくても、仕方なくそうしなければならない場合だってあるのだ。

金五郎と違って、三六は増倉屋に入って日が浅いため、各人への思い入れなしに、公平に人々を見ることができる。そこを生かして、筋道を立てて下手人を割り出そうと考えていた。

まずは下手人が、酢を入れて酒を焼いた理由は何なのか。誰かに対する恨みなのか、それとも増倉屋に対する嫌がらせか。それに、一桶だけを焼くというのも解せない。ここまで手間をかけて忍び込んだのなら、一桶と言わず（もちろんそれだけでも大損ではあるが）、他の桶にも細工してしかるべきだろう。

（腹いせか、戒めのつもりか……）

三六が、義祖父である四代・中野半左衛門翁に対して、「下手人を捕まえてご覧に入れます」と宣言したことは、店中の人間が知っている。金五郎の言うように、皆が忠義者なのだとしたら、咎人は、良心の呵責に苛まれているのかも知れない。

ともあれ、相手の様子を窺うことが肝心と、三六はお店者にも蔵人にも、進んで話しかけるようにした。

無事に酒の荷出しを終えた頃、安心から来る油断か、四代目がぬかるみに杖を取られ、転んで腰を痛めた。しばらく寝たきりの日々が続くうち、四代目はみるみる衰弱し、やがてゼイゼイと荒い息を吐くようになった。医者の見立てで、もう長くはないと告げられた。皆が衝撃を受ける中、三六の胸をよぎったのは、まだ十分な教えを受けていないという焦りと、もはや手の施しようがないのであれば、せめてこの世に憂いを残すことなく送り出したいという願いだった。

それには、義祖父が存命のうちに、約束通り下手人を捕まえて、孫たち――くのと七三郎――をこの男に預けて大丈夫だ、と安心してもらわなければならない。

三六は、いよいよ下手人捜しに躍起になった。

三六の見立てでは、金五郎の言うように、卯之吉が怪しいとは思えなかった。江戸から半田に戻って来たのも、兄が亡くなり、脚の不自由な母を一人で放っておけないからという得心のいく理由があり、「通いで雇ってもらえて本当にありがたい」と卯之吉は淀みなく答え、借金を背負っている様子もない。

何より卯之吉自身が、明るく気のいい男で、話していて微塵の後ろめたさも感じなかった。

代わって目星をつけたのは、喜助が三河から連れて来た蔵人の一人、大吾であった。大吾は、酛廻を務める古参の蔵人で、仕事ぶりも堂に入っており、一見、やましいところなど何もないように見えた。

だが聞き込みを続けるうち、気になる噂を聞いた。大吾には、心の臓に病を抱える息子がおり、里の両親に預けて出稼ぎに来ているというものだ。女房は、その子を産んですぐに亡くなったという。

このことを知って目をつけ始めたところ、大吾は常に三六の視野に入らぬよう、避けているように思えた。

(早く下手人を突き止めなければ……)

月が明けて、蔵人たちが三河に帰ってしまわぬうちに。義祖父が、命を繋いでいるうちに——。


「お祖父様、しっかりなさって……」

「死なないでください!」

四代目の臨終の刻が近づいているように見えた。

半左衛門の孫であるくのと七三郎は、荒い息を吐く祖父の枕元に寄り添い、その手をしっかりと握り締めていた。

反対側には二人の母であるとめと、医者と番頭の米八が座り、お店者たちが遠巻きに座敷の隅でかしこまっている。

(大旦那様が亡くなったら……)

中野本家は、増倉屋はどうなってしまうのだろうと、誰もが案じていることは明らかだった。婿入りして一年にも満たない、たかだか二十五歳の若造が後見人となり、六代目を継ぐはずの七三郎は、まだ九歳の子供である。

それがわかるだけに三六は、この場に同席しているのがいたたまれなかった。近親者たちからやや下がって、できるだけ戸口に近く、それでいて不自然ではない位置に陣取って、皆の様子を観察していた。

果たしてこの中に下手人か、下手人を手引きした者がいるのか。それとも……。

四代目の息遣いが穏やかになった。真っ白な総髪を後頭部で結った医者がにじり出て、脈を取った。

「少し落ち着かれたようでございます。しばらくは安心かと……」

医者の言葉を聞いて、とめが米八に告げた。

「皆を一旦下がらせて、休ませてください。ここはわたくしたちが交代でつきますので、今のうちに……」

五代目である夫が急死してから、四代目と共に暖簾(のれん)を守ってきたとめは、おっとりとした見かけによらず、気丈な人であった。分家である中野半六家の出だが、半六家は酒造業だけでなく廻船問屋も営み、尾張藩(おわりはん)とも取引があるため、とめは商家の娘でありながら武家のような教育を受けていた。

米八はうなずき、お店者たちを促して座敷を後にした。

「さあ、あなたたちもお休みなさい」

とめが子供たちに言うと、

「嫌です！　私はお祖父様の側から離れません！」

くのが泣き腫らした目を上げた。七三郎が生まれるまで、十二年もの間ひとりっ子同然だった孫娘を、四代目は溺愛した。くのもまた、祖父によく懐いていた。

「いけません。あなたまで倒れたらどうするのです。あなたは七三郎についていておやりなさい」

「お義母さん、私が残ります」

三六が口を挟んだ。後見人として、義母任せにして自分が休むわけにはいかない。

「あなたはあなたで、しなければいけないことがおありでしょう。なすべきことをなさってください」

穏やかな口調ではあったがきっぱりと言われ、三六は引き下がるしかなかった。


もはや一刻の猶予もない。

とめの言う通り、四代目が逝去すれば、諸々の届出や葬儀の手配など、やらなければならない仕事は山積みである。今から手配しておかなければ手に負えまい。

だがその前に、下手人捜しだけは片をつけたい。確たる証拠はないのだが、それが見つかるまで待ってはいられない。三六は意を決して、蔵人たちが寝泊まりする棟に足を向けた。

酒の出荷と蔵の片付けを終えた蔵人たちは、昨日にでも出立するはずであったが、当主の危篤を理由に、ここに留まってもらっている。もし四代目が持ち直すようであれば、杜氏の喜助はともかく、蔵人たちをそう長くは引き止められない。彼らは一刻も早く故郷に戻り、家族に会いたいのだから。

そう、特にあの男は……。

表に出ると、十三夜の月が煌々と輝いていた。

なぜかしら、四代目は満月の日に逝くような気がした。

（あと二日か……）

見下ろすと、井戸端の月明かりの下で佇んでいる大吾の姿があった。話をつけるべき男が都合良く一人でそこにいたことを、この時の三六は幸運と受け取った。

「息子さんの具合はいかがです？」

三六が背中に向かって話しかけると、大吾はビクリと肩を震わせた。まだ三十代半ばのはずだが、この時は、やけに年寄りめいて見えた。

大吾は慌てて何かを懐に仕舞い込むと、おずおずと振り返った。

「なしてそれを……」

明らかに目が泳いでいる。

「あなたですね。二番桶に酢を入れる手引きをしたのは」

三六が間髪を容(い)れずに切り込んだ。

「誰に頼まれたのです？　なぜそんなことを……？」

「……」

大吾は、恨みがましい目で三六を見つめた。

「言ってください。闇雲(やみくも)にあなたを責めるつもりはありません。きっと、よほどの訳があるのでしょう」

「……」

「金五郎さん……いえ、頭は、あなた方の中に仲間を裏切るような輩はいない、と言い切っていました。あなたは、頭の信頼を裏切ったのですか？」

「……」

大吾の目に、みるみる涙が浮かんだ。

「息子さんのことですね？」

三六は一歩進み出て、大吾の目を覗き込んだ。大吾は両手で顔を覆い、ゆっくりと崩れ落ちるように両膝をついた。

「……高麗人参(こうらいにんじん)が、欲しかったんじゃ」

震える声で言った。

「高麗人参？」

三六が聞き返すと、大吾は顔を覆ったままうなずいた。

「……医者が、せがれの病には高麗人参が効くと言うちょった。……けど、わしの稼ぎで買えるもんじゃないに」

不老長寿の妙薬として名高い高麗人参は、この頃はまだ朝鮮半島からの輸入に頼るしかなく、目の玉が飛び出るほどの値がつけられていた。

「では、お金が欲しくてやったのですね？　取引の相手は誰です？」

「……罰が、当たったんじゃ……」

大吾がぼそりとつぶやいた。

「え？」

「罰が当たったんじゃ！　わしが皆を裏切ったけえ！　……うわぁぁぁ！」

大吾はわめきながら頭を抱えた。

「何があったのです!?」

三六は屈(かが)んで大吾の両肩を摑み、揺さぶった。大吾は口を開けて涎(よだれ)を垂らしながら、虚(うつ)ろな目で三六を見ると、懐から手紙を摑み出し、三六に突きつけた。

「里からこれが届いたに。……せがれが、死んだと……」

三六は息をつまらせた。

「……わしは、何のために、あげな……」

大吾は己のこめかみをガンガンと殴った。

「止めてください！」

三六が大吾の手を握り止めた。

「息子さんのことは、お気の毒に……としか言いようがありません。……しかし、悔いているのなら、せめて大旦那様にお詫(わ)びを。罪を抱えたままではあなたが辛(つら)いだけです。それに、詫びることが息子さんの供養(くよう)にも繋がるはずです。あなたを雇ったのが誰なのか、私に言えないのなら、大旦那様に全てを打ち明けてください。私も一緒に謝りますから」

三六が大吾を立たせると、大吾は力なく、三六に従った。

三六は廊下に座り、四代目が眠る座敷の外から声をかけた。

「お義母さん、少しよろしいですか」

襖が開き、三六はとめと向き合う形になった。

「どうしました」

「二番桶に酢を入れる手引きをした人物を連れて来ました。……大旦那様は？」

とめは三六の背後に控える大吾を見つめ、「お入りなさい」と二人を座敷に招き入れると同時に、医者に合図を送り、席を外させた。

三六が顔を寄せると、四代目は気配を察し、目を開けた。苦しんでいたのが嘘のように、呼吸も安定し、落ち着いて見える。

三六は用件を四代目に告げ、大吾を枕元に呼んだ。

「大旦那様、申し訳ねえ！」

大吾は両手をついてひれ伏した。観念したと見え、隣村の酒蔵から頼まれて、全てを己一人でやったことを、あっさりと白状した。

五代目が亡くなり、六代目はまだ子供。そんなところへ新参者の婿が入り、増倉屋の屋台骨がぐらついている今が好機だからと、外の人間の仕業に見せかけるよう言われたのだと。

「見回り番の時に、少しずつ窓の格子を切っちょりました。あの日、三六様が頭から鍵ば預かるんを見て、素早う（すばよ）蔵に引き返しました。桶の目張りを裂いて酢を入れ、鍵をかけられる前に蔵から出たに。夜中に寝床を抜け出て格子を外し、外から窓を開けちょきました」

長い沈黙の後、

「それで？　金はいくらもらった？」

四代目が天井に目を向けたまま尋ねた。

「それが……。『一桶だけ焼いても、嫌がらせにしかならん、話が違う』と……」

大吾がおどおどと答えた。四代目は、ふっと息を吐いた。

「愚かな。負け続ける人間は、悪事もろくにやりきれん。心で負けておるからのう。……もうよい。去ね」

その途端、大吾はギリギリと拳を握り締め、怒りの形相で顔を上げた。

「元はと言えば、大旦那様がわしの頼みを聞いてくれんかったからじゃ！　なんでもするけえ、高麗人参ば譲ってくだせえと。一生身を粉にして働くけえと！　じゃがあんたさまは、『聞かんかったことにしてやる』とだけ言うて、わしを追い払うた。毎日毎日、孫娘に飲ませる人参が、ここにはぎょうさんあるのにじゃ！」

そんなことがあったのかと、三六は目を丸くして義祖父を見つめた。耳元でがなり立てられながら、四代目は何も聞こえぬように、静かに目を閉じている。

「だからですよ」

とめが背後から声をかけた。

「毎日毎日、一生懸命煎じて飲ませても、くのの身体は丈夫にならない。高麗人参など、しょせんは気休め。多少命は永らえても、病が治るわけではないのです。そんなもののために、お前が一生をかけても返せぬほどの借財を背負うなど、愚かなことでしかありません」

ぐうぅ……と、大吾は一声うめくと、脱兎のごとく座敷から逃げ去った。

「大吾さん！」

追いかけようと膝を立てた三六に、

「なぜ功を焦った？」

四代目が静かに尋ねた。三六は再び腰をおろした。

「お前は何度、同じ過(あやま)ちを繰り返すのじゃ？」

「それは、どういう……？」

三六はつぶやくように聞き返した。

「このことを、喜助と金五郎は知っておるのか？」

「いいえ、まだ何も。……事情が事情でございますし、無闇に事を荒立てるよりも、一刻も早く、大旦那様に、と」

「わしがもうすぐ死ぬからか？」

皮肉な言われようにカッと苛立(いらだ)ちを覚えたが、三六は辛(かろ)うじて声を抑えた。

「何をおっしゃっているのか、わかりかねます」

「……じきにわかる」

これが、三六が義祖父と交わした最期(さいご)の言葉だった。以後、四代目は昏睡(こんすい)状態に陥り、三六が予想した通り、満月の夜に帰らぬ人となった。

また、あの夜出奔(しゅっぽん)したまま、大吾は杳(よう)として行方が知れなくなった。

線香から立ち昇る薫香(くんこう)が、紫がかった春の空に溶けてゆき、二羽の雲雀(ひばり)がさえずりながら天を横切って行った。

「大旦那様、私はどうすれば……」

三六は、長い間、中野家代々の墓に手を合わせていた。四代・中野半左衛門が、半田村の高台にあるこの墓所に入ったのは、三日前のことである。涙雨が降る中での葬列は、いやが上にも哀しみと不安を胸に募らせ、人々は沈む思いで遺体の入った丸桶を土に埋めた。

線香が燃え尽き、ようやく立ち上がった三六は、午後の陽光を受けてきらかに照り返る半田運河を見て、目を細めた。眉間の皺は、眩しさのせいだけではない。

葬儀の翌朝、杜氏の喜助が蔵人一同を従えて、暇乞いにやって来た。四代目が亡くなって家長となった三六と、いずれ六代目を継ぐ義弟の七三郎、義母のとめと、妻のくのとが朝餉の膳を囲んでいた時だ。

「大吾のことは、ほんまにすまんことでした。詫びても詫び足りんに」

喜助は座敷の中程まで進み出て、深々と頭を下げた。蔵人たちはうなだれるように親方に倣った。

酒を酢で焼いたのは自分だと白状した大吾は、病床の四代目に悪態をついたまま屋敷を飛び出し、行方知れずとなった。四代目の危篤により、帰郷の足止めを食っていた蔵人たちは、一昼夜総出で大吾を捜したが、徒労に終わった。

三六は膳を脇に避け、膝に手を置いて頭を垂れた。

「私の方こそ、大吾を引き止められずに、申し訳ありませんでした」

言った途端、ほんの一瞬、場の空気が乾いた。〝引き止められずに〟などという軽い言葉では済まされない。誰も口にこそ出さなかったが、大吾は海に身を投げて、自死したのだろうと考えられていた。

長年の恩義がある蔵元と、家族も同然の蔵人たちを裏切り、首謀者からは金ももらえず、悪事に加担したため、罰が当たって息子が死んだと思い込んでいるのだから、大吾に生きる気力などなかったに違いない、と。

三六は、文箱(ふばこ)に用意してあった袱紗包(ふくさづつみ)を取り出して、喜助の前に膝を進め、包みを開いた。中には、蔵人たち全員分の給金が入っている。

「いろいろと不幸事が重なりましたが、増倉屋は今が正念場です。秋にはまたよろしくお願いします」

喜助は恭しく金封を受け取り、懐にしまった。

「それとこれは……」

次に三六は、札入れに挟んであった紙包みを喜助の前に置いた。

「大吾の家に」

喜助は紙包みを見つめたまま、受け取ろうとはしなかった。

「あの……」

戸惑う三六に、

「何の金だに?」

ぶっきらぼうに、喜助が尋ねた。

「それはもちろん、大吾の……」

〝見舞金〟と言おうとしてハッと思い直した。

「息子さんの、香典です」

厄災に遭ったかどうかもわからない相手に、見舞金は不吉だ。大吾が生きている可能性も、皆無ではない。

「結構ですに」

「遠慮は無用です。これは、店のお金ではありません。私の気持ちですから」

「だからだに。……大奥様、若奥様、坊ちゃん、長年、おおきにお世話になりました」

喜助は、三六を除く中野家の面々、一人ずつの顔を見て、丁寧に頭を下げた。

「わしらの役目は今回限りで、もう二度と、こちらさまには足を踏み入れんに」

「なんだって!」

三六は思わず腰を浮かせた。くのも七三郎も目を見張っている。

「それは、責任を感じてのことですか?」

静かな口調で、とめが尋ねた。驚いた様子がないのは、育ちゆえか、あるいは予期していたからなのか。

「もちろんそれもありますが……。わしらは……三六様の下では働けんに」

「どういうことです！」

三六の頭にカッと血がのぼった。喜助に仕事を断られては、増倉屋はおしまいだ。よしんば他から杜氏を連れて来て、来年も酒が造れたとしても、古くから仕える杜氏に逃げられた愚か者と、中野一族や世間からのそしりは免れない。

「大吾がいなくなったことへの腹いせですか？　しかしそれは逆恨みというものです。どんな事情があるにせよ、大吾は罪を犯したんだ。親方として責任を感じているのなら、なおさら増倉屋のために尽くすべきでしょう。四代目が亡くなった途端、蔵を見捨てるなんて、恩を仇で返すも同然の振る舞いです！」

（みすみす辞められてたまるものか……！）

小栗の両親が失望する顔が浮かび、激昂してゆく自分を抑えられなかった。

「給金だって、二番桶の損害を不問にして、約束した額を支払っている。何が不満だと言うのです!?」

「………」

喜助は三六を睨みつけ、一旦懐にしまった金を取り出すと、

「わしの取り分がありゃあ、足りるでしょう」

封を開けて己の給金を返そうとした。

「おやめなさい！　みっともない」

とめが二人を制した。

「喜助は、逆恨みで言っているのではありません。諦めなさい」

あの夜、一部始終を見ていたとめには、三六と喜助の間に空いた、深い溝が見えていたのだ。

「……あんたさまが、わしらに責任を取らせてくれんかったに」

喜助が、絞り出すような声で言い、三六を見上げた。

「大吾を大旦那様のところへ連れて行く前に、わしか、せめて頭に話してくれちょったら、わしらは大吾を失わずに済んだんだに。あんたさまに尽くし、この店のために骨を埋める覚悟もできたんじゃ」

（あ……）

己の過ちに気づき、とっさに三六は、喜助の後ろに控える金五郎を見た。金五郎は三六を見据え、静かにうなずいた。

「筋を違えたことに気づかんと、大吾を庇うた気でおる。親の知らんところで、長年育ててきた子に我が物顔でちょっかいを出され、その子を失うた気持ちが、あんたさまにわかるんか⁉」

喜助の膝の上で握り締められた拳が、ブルブルと震えている。

「あいつは……大吾は、わしらにも言えんことで一人で苦しんどったのに、その辛さに気づいてもやれんで……。わしは親方失格だに。こいつらに次の働き口を世話したら、隠居するつもりだに」

蔵人たちの肩にもさざ波が立っていた。

『なぜ功を焦った？』

三六の脳裏に、四代目の言葉が蘇った。

『お前は何度、同じ過ちを繰り返すのじゃ？』

あの時は、何を言われているのかわからなかった。自分がしたことを正しいと、大吾が出奔したことも、仕方がないことだと思っていた。

二番桶を焼かれた時も——。

自分なら許されるはずと過信して、喜助を庇った己の傲慢さを、四代目は激しく叱責した。

（何も、変わってはいなかったのか……）

この家に入る覚悟を決め、心根を入れ替えたつもりだったのに……。『じきにわかる』と、四代目が言っていたのはこのことだったのだ。

（皆の心が離れるのも当然だ。なんという度量の無さだ……！）

己の不甲斐(ふがい)なさに歯嚙(はが)みする思いだった。

「親方！　頭！　皆さん！　私が間違っておりました！　どうかこの通り！」

三六は畳に額をこすりつけた。

「親方、私からも謝ります。なにとぞ辞めるなんて言わないでください」

七三郎も黙ってこれに倣ったが、とめは無表情にこの様子を眺めるだけで、喜助を引き止めようとはしなかった。

「……堪忍してくだせえ」

喜助は、「仕込みの時期までに代わりの杜氏を見つける」と言ってはくれたが、引退への決意は揺るがなかった。

喜助が蔵人一同を連れて立ち去った後も、三六は顔を上げられないでいた。どの面を下げて、皆と顔を合わせればいいのか、見当もつかない。

「三六様」

金五郎の呼びかけを合図に、とめたち三人は膳を片付けるため、席を立った。座敷には、三六と金五郎だけが残された。

蔵人たちの頭として、先ほどまでは喜助の側に控えていたが、増倉屋の奉公人である金五郎は、皆が故郷に帰った後も、ここに残って酒蔵の管理を行うことになる。

「追い討ちをかけるようで切ねえけども、もうちっとわしのことを、信用してくれとると思うちょったに」

「すみません……」

金五郎が恨み言を言いたくなる気持ちはよくわかる。樽詰めの前夜、酒蔵で三六の寝ずの番に付き合ってくれ、下手人についてあれこれ話し合って以来、互いに気心が通じたと思っていた。それなのに自分は……。

「皆を信じ切っちょったわしを、がっかりさせとうなかったんじゃろうけど、いらん気遣いだに。なんもかんも一人で抱えんと、もちっとわしらを頼ってくだせえ」

金五郎の言葉が胸に沁みた。

「……ありがとうございます」

大切にすべきは、これから共に歩んで行く人たちだったのに。

「では、先に進んでよろしいですね？」

戻って来たとめが声をかけた。くのと七三郎と、番頭の米八を従えている。

「先を見越して動かないとどういうことになるか、あなたもこれでよくわかったでしょう。……さあ、顔を上げて。当主としての務めをお果たしなさい」

「はい、お義母さん……」

三六は姿勢を正し、

「私の愚かさゆえ、皆様には迷惑をかけて申し訳ございませんでした。未熟者の私に、どうかお力をお貸しくださいませ」

改めて一同の前で手をついた。とめは目を細め、

「まずは喜助のことです。心中察しはしますが、当主に対してあれだけのことを言ってのけたのですから、相当な覚悟があってのことでしょう。『覆水（ふくすい）盆に返らず』の例え通り、戻って来ても、わだかまりが消えることはありません」

喜助を引き止めなかった理由を、つまびらかに語った。

「世間様には、『忠義者の喜助は、四代目の逝去と共に隠居した』ということにして、大吾のことは知らぬ存ぜぬで通すよう、皆に言い含めてください」

「なるほど、追腹を切るようなもんですな。美談にすれば親方の顔も立ち、全て丸く収まる」

米八が膝を打った。

「では、代わりの杜氏は……？」

三六が尋ねた。

「喜助がいないと良い酒が造れない、などというのは思い込みです。現に我ら尾州の酒は、上方の酒に追いつけてはいません。上には上がいるということです」

「しかしお義母さん。それでは味が変わってしまいます」

「それのどこが悪いのです？〝守る〟ことと〝変えない〟ことは同じではありませんよ……」

あの日の義母の言葉が、三六の背中を押してくれた。

四代目の死も、蔵人たちの造反も、窮地ではあるけれど、考えようによっては、これまでの全てを見直して、より良く変える好機と言える。

（もっと旨い酒を造り、身代を大きくして、必ずや六代目に繋いでみせます……！）

潮風に吹かれながら、三六は中野家の墓前に誓いを立てた。


半左衛門家の後見人となった三六が、己の裁量で行わなければならなくなった第一の役目は、新しい杜氏を見つけることであった。酒の品質を保ち、荷出しを取り仕切るのは頭の金五郎に、商いは番頭の米八に任せておけば、三六が手出しするよりよほど安心だ。けれど人の雇い入れに関しては、当主が果たすべき務めであり、三六の器量が試されることになる。

三六は杜氏探しの前にまず、上方の酒と半田の酒の違いを検分することにした。義母のとめが言った通り、尾張や三河、美濃、伊勢で造られた酒は江戸では人気がなく、これらは東海道の中程に当たるため、『中国物』や『中国酒』と呼ばれ、中酒・並酒に格付けされている。

それに比べて、江戸幕府が上方筋と定めた五畿内（大和国、山城国、摂津国、河内国、和泉国）三州（近江国、丹波国、播磨国）のうち、山城国の伏見の酒、摂津国の伊丹・池田・西宮の酒、播磨国の灘の酒は、上方から江戸へ下る『下り酒』の中でも特に珍重され、上々酒、極上酒として取引されるなど評価が高く、江戸の『地廻り酒（地酒）』の三倍から十倍の値がつくほどであった。

「何がどう違うのか、皆さんの感じたまま、思ったままを話してください」

店じまいの後、三六は、上方から取り寄せた酒を数種類並べた広間に、お店者たち全員を集めた。

先入観を持たれぬよう、あらかじめ銘柄は伏せて、それぞれ同じ酒器に入れ、『い』『ろ』『は』『に』『ほ』『へ』『と』と書かれた紙を貼ってある。

「ではまず、『い』からお願いします。奉公の年月が短い、女子衆から順に、酒の味を確かめてみてください」

「なぜそのような順番なのですか?」

長じれば六代・中野半左衛門を継ぐ義弟の七三郎が、隣に座する三六を見上げ、無邪気に尋ねた。

「奉公の時期が短い人は長い人の、女の人は男の人の言うことに、倣ってしまうものだからです。私は、皆さんの正直な答えを聞きたいので」

「なるほど、得心しました」

七三郎は大きくうなずいた。

「実はこの中に、三河の酒と増倉屋の酒も交ぜてあります。どれがうちの店の酒か、それも当ててみてください」

三六の言葉に、たちまちお店者たちの間に緊張感が走った。もし当てられなかったら、店にいられなくなるのではないか……。

「大丈夫です。これはこれで一つの試みなのですから、どうぞ存分に間違えてください」

皆の不安を打ち消すように、三六は明るく言った。

皆を集める前に、三六は全ての酒を試し飲みしていた。もちろん、銘柄がわかった上で試したのだが、そうしてみて気づいたことは、上方の酒は、すっきりしていながらも深みと個性があり、香りが豊かだということだ。それに比べて、尾張や三河の酒は、雑味があり、香りが浅い。さらに問題なのは、味が定まっていないことだ。

蔵人たちはよく、「酒は生きちょるけえ」と口にする。同じ水と米とで同じように仕込んでも、仕上がった時の酒の味は、年ごと、桶ごとに変わるのが当然だ。それらにいかに手を加えて〝いつもの味〟に調えるかが、杜氏の腕の見せ所なのである。

喜助は、誰もが一目置く優れた杜氏ではあったが、その喜助をもってしても、出来不出来に微妙なむらがあった。

（上方の酒と、一体何が違うんだ……？）

その謎を解き明かすべく、三六は義母のとめと、米八と金五郎に相談し、皆の力を借りることにした。経験もないのに、独りよがりで物事を勝手に進めるようなことは、二度とすまい。大吾の一件を教訓に、年長者を敬い、彼らの意見にきちんと耳を傾けてから、自分なりの判断をしようと己を戒めていた。

「さあどうぞ。お願いします」

三六は店で一番若い娘に、『い』の酒を注いだ盃を渡した。

「思った通りだに」

お店者たちの話を聞き書きした台帳を読み終えた途端、金五郎が言った。

「上方のもんか、ここいらのもんかの区別はつくようじゃが、増倉屋の酒と三河の酒を間違うたもんが、二割もおるに」

「普段から酒を飲まんもんもおるで、それっくれえは仕方なか」

米八が助け舟を出した。

「これをどう思われます?」

三六が示したのは、どの酒が好みかをひとまとめにした早見表であった。三六たちが台帳に目を通している間に、妻のくのがまとめてくれたものだ。『正』の字の数で、人気の酒が一目でわかる。

「『は』の酒が増倉屋のものですが、半数以上の票が入っています」

「うちの酒じゃとわかってて、気を遣うたに決まっちょるに」

吐き捨てるように金五郎が言った。

「では『は』は外します。他の酒を見ると、女子衆には伏見の酒が、男衆には灘の酒が人気のようですね」

「伏見の酒は甘いでね。女子供には受けがいいに」

「頭はどの酒がお好みですか？」

「ほうじゃねぇ。今、江戸で一番売れとるんは伊丹の酒じゃけんど、灘の酒の方が潔うて、わしは好きだに」

「いずれにせよ、負けを認めると……」

「負けも何もないに。旨いもんは旨い。それがわからんようなら、蔵人は務まらんで」

「増倉屋の酒が、上方より劣っている理由は何でしょう？」

「酒造りで大切なもんは、大きゅう分けて、水と米と風土、それと杜氏の腕だに。水と風土についちゃあ、ここで酒を造る限り、どうしようもねえに。米の違いなら、上方と同じような米を、こっちの百姓に作ってもらうことはできんこともねえと思うけんど、わしは米の違いだけで、ここまで酒の味が変わるとは思わん。もっと何か、どえりゃあ違いがあるに違いねえに」

金五郎は腕を組んで考え込んだ。三六は顔を上げ、

「お義母さんはどう思われますか？」

と矛先を変えた。ところがとめは、三六の問いかけが耳に入らぬ様子で、台帳を食い入るように見つめている。

「お義母さん？」

呼びかけると、とめはハッと振り向いた。

「どうされました？　何か気になる書き込みでも？」

とめはゆっくりと台帳を畳の上に置き、

「これに気づきましたか？」

文字の頭を指差した。皆が一斉に台帳を覗き込んだ。

『い――いきな味わい。

ろ――ふんわりとした甘味。

は――まああの味。

に――滑らかな口当たり。

ほ――一級品。

へ――みずみずしい味。

と――匂いがいい。』

と、そこには書いてあった。

「誰だに、こりゃあ？　うちの酒を『まあまあの味』なんぞとちょうけたことを」

米八が声を荒らげ、

「まあ番頭さん。正直に、とお願いしたのは私なのですから、ここは穏便に……」

三六がなだめていると、

「あなたたちの目は節穴ですか？」

とめが呆れて言った。

「は？」

三六と米八は、ポカンと顔を見合わせた。

「もう一度よく御覧なさい。『いきな』の『い』、『ふんわり』の『ふ』、『まあまあ』の『ま』、『滑らか』の『な』、『一級品』の『い』。……まだわかりませんか？」

「あっ！」

声を上げたのは七三郎だった。

「すごいや、お母様。符丁になっています！」

「ああっ」

今度は三六とくのが声を上げた。番頭と頭は、まだ頭をひねっている。

「七三郎、そこの二人に、答え合わせをしてあげなさい」

「はい、お母様」

七三郎は意気揚々と息を吸い込んだ。

「端から順に、伊丹の『い』、伏見の『ふ』、増倉屋の『ま』、灘の『な』、池田の『い』、三河の『み』、西宮の『に』、から言葉が始まっています」

「ご名答」

とめが七三郎に微笑みかけた。

「全部……当たっています。これを答えたのは、いったい……」

呆然と、三六が尋ねた。

「卯之吉です。私が聞き取りましたので、間違いありません」

くのが答えた。

「さすがは江戸の醬油酢問屋で働いちょっただけのことはあるに。きっと向こうで、いろんな酒を飲む機会があったんじゃろう」

米八が感心して言った。

「それだけではありません。正解がわかっていながら、ひけらかさないわきまえと、それを即座に謎かけにして答える頭の良さ……」

そしてまた、卯之吉の謎かけに気づいたとめも素晴らしい。遅れて広間に入ってきたとめは、それぞれの酒の正体を知らなかったのだから、義母が優れた味覚を持っているという証でもあった。

「決めました。皆さん、私は卯之吉を、しばらく上方にやろうと思います」

「卯之吉を、でございますか？　しかしあやつはまだ、酒造りのことをろくに知っちゃあおりません」

米八が困惑した。

「構いません。卯之吉には表向き、杜氏探しの任を与えます。もちろんそれも大事ですが、卯之吉の味覚と機転をもってすれば、きっと上方の酒の秘密を探って来てくれることでしょう。……よろしいでしょうか、番頭さん。皆さんも？」

異論を唱える者はなかった。三六は妻に向き直った。

「くの、お前に頼みがある。卯之吉がいない間、母親の面倒を見てやってはくれないか？」

卯之吉には脚の不自由な母がいる。そのため、江戸店(だな)の勤めを辞めて、故郷に帰って来たという事情があった。

「お安いご用でございます、旦那様」

くのは嬉しそうに微笑んだ。病弱なくのは、周囲に気を遣わせることはあっても、何かの役に立つ——しかも夫の頼みで——というのは、なかなかない機会であった。

二人の様子をまた、とめは目を細めて見守った。

「では早速、卯之吉をここに呼んでください」

その日からおおよそ三ヶ月後。三六の命を受けて、上方の酒蔵を探っていた卯之吉が帰って来た。知らせを聞いて三六たちが対面すると、卯之吉は役目の重責からか、わずか三ヶ月の間に、渋みのある面構えに変貌していた。

「ただいま戻りましてございます」

卯之吉は丁寧に頭を下げた。

「苦労をかけました。それで、何かわかりましたか？」

「はい、それが……」

卯之吉の話は一刻（約二時間）に及んだ。まずは東海道を上って伏見に入り、探りを入れたが、他所者は警戒され、めぼしい話は聞き出せなかったという。

次に摂津国で、現在江戸で人気を独占している伊丹の酒蔵に向かい、最後に辿り着いたのが、江戸初期から酒造りを始め、年々勢いを増している灘目であった。灘目とは灘（海）の辺りという意味で、酒蔵が点在する下灘（現在の神戸市中央区と兵庫区の辺り）と、上灘（現在の神戸市灘区と東灘区、芦屋市の辺り）を指している。

「私が調べましたところ、上方の、特に灘の酒の味が良い理由は五つありました」

三六、とめ、くの、七三郎ら中野家の面々と、番頭の米八、頭の金五郎が固唾を呑んで見守る中、卯之吉は真摯な面持ちで語り始めた。

「まずは酒米でございますが、粒が大きい米を使うちょることは、うちとあんまり変わりゃあしません。けれど搗き具合が違うとります」

「搗きが？」

金五郎が聞いた。

「はい。この辺りではどこも、人の力で米を搗いちょりますが、灘では六甲の山々から流れてくる小川に、いくつもの水車小屋が据え付けられちょりました。流れが速く、昼夜構わず搗けるもんで、人を使うよりも早く、たくさん搗くことができます」

「そりゃあ、楽でええわ」

金五郎がつぶやいた。増倉屋では、床に設置した石臼に玄米を入れ、足踏み式の長い杵を使って米を搗く。一斗半搗くのに、終日数人がかりが交代で、杵を踏み続けなければならないため、かなりの重労働である。

「雑味が少ないのはそのためですね」

三六が念を押した。

「左様でございます。灘では、八分のところまで米を削っちょりました」

「贅沢な。豪気な値ェがつけられるわけだに」

米八が苦々しげに言った。通常より多く削るということは、それだけ手間と時間がかかり、大量の米が必要となる。

「次に水でございますが、口に含みましたところ、何やらやや硬いような……」

「硬いとは？」

三六が尋ねた。

「なんと申しますか、ややざらついたような、滑らかではない感じが致しました。それが酒造りにどう響いているのか、知識の浅い私には見当がつきかねます」

三六は、酒蔵を仕切る金五郎に目を向けたが、金五郎も首を横に振るばかりであった。

「明らかな違いは、風土にございました。灘には『六甲おろし』がございます」

「六甲おろし？」

聞きなれない言葉に、男連中が声を揃えた。

「はい。冬になると、六甲の山々の頂から、冷たく激しい山風が吹き降りて参ります。灘の酒蔵は、『重ね蔵』と呼ばれる二棟建て。これらを、山に向かうようにして建て、六甲おろしをまともに受けるよう窓を開け放ち、仕込みの熱を一気に冷まして酒を保ちます」

「つまり、酒が湧きづれえっちゅうわけだ」

金五郎が感心してうなずいた。増倉屋でも、できるだけ酒が荒くならないよう、冬場に酒を仕込む寒造りを行っているが、半田より西にありながら、灘は寒気に恵まれていると言える。

「また、私が何より驚きましたのは、江戸でいただく灘の酒と、現地でいただく灘の酒の、味の違いでございました。伏見の、甘味のあるふっくらとした女酒に対して、灘の酒はきりりと締まった男酒だと言われております。けれど江戸で味わった時には、清々しくはありましたが、それほど男らしい酒だとは感じませんでした。ところが、灘で樽から汲んだ御酒をいただいたところ、グンと鼻に抜けるような、鮮烈な味が致しました」

「それほどまでに味が変わるのでございますか？」

しびれを切らしたように七三郎が聞いた。好奇心で頬が膨らんでいる。

「あれぞまさしく男酒でございました。それが、秋口まで寝かされ、樽に詰められてはるばる海を渡るうちに、まろやかな味に変わるとのことでございます。杜氏たちはこの味の変化を見計らった上で、酒を仕込んでいるのだとか」

「音に聞く、丹波杜氏のなせる業、というわけでございますね！」

勢い込んで言う七三郎を、

「知ったかぶりはおよしなさい、みっともない」

とめがたしなめた。丹波杜氏が、天下第一の杜氏とされていることは、酒造りを生業にしている者なら誰もが承知している。

「ごめんなさい、お母様……」

しょげる七三郎に、卯之吉がうなずきかけた。

「確かに、船揺れによる変化を見越して酒を造るなど、よほどの経験と勘が必要かと思われ、並の杜氏にできる業ではございません。それゆえ、上方で出回っている灘の極上酒は、わざわざ酒樽を弁才船に乗せて運び、富士山の辺りまで行って戻って来させるそうでございます。これは『富士見酒』と名付けられ、高値で取引されちょりました」

ここまで一気に話してきた卯之吉は、喉を潤すために、茶を一口流し込んだ。

「なんと……」

一同は驚き、

「酒を慣らすためだけに、わざわざ船を出すのでございますか？」

七三郎が身を乗り出し、とめに叱られる前にと、慌てて己の口を両手で塞いだ。

「上方もんの考えることは、酔狂にもほどがあるだに」

米八は呆れて言った。

「それだけ、旨い酒が求められているということでしょう」

三六は指を折りながら、

「水車による精米と、水の違いと、六甲おろし。廻船を見越した、丹波杜氏の酒造り」

ふうっとため息をついた。

「勝てる気がしませんね……」

皆が顔を見合わせ、絶望的な気分に陥りかけた時、

「あと一つは何なのです？　最初に、理由は五つあると……」

とめが尋ねると、皆が一斉に卯之吉を見た。

「はい。実はもう一つ、大きな理由がございました。これぞ全ての上方の酒に通じる秘策。……何よりも、仕込み方が違っていたのでございます」

「仕込みじゃと？」

己の出番とばかりに、金五郎が目を輝かせた。

「はい。上方の杜氏は、酒を一度に仕込まず、三段階に分けて仕込みます。まずは大桶に入れた酛（酒母）に、仕込む量の六分の一程度の水と麹米と蒸米を加えます。これを『初添』と申します。翌日は丸一日桶には手を触れずに中身が踊るに任せ、三日目に、初日の二倍の量の水と麹米と蒸米を加えます。これを『仲添』と申します。その翌日には、作った分と同量の水と麹米と蒸米を加える『留添』を行い、四日がかりで醪を仕込むのでございます」

「なるほど、三段仕込みかや！　確かに、そうやってちっとずつ仕込みゃあ、味も定まるし、しくじりがたんと減るに違いねえ」

光明が見えたことで、金五郎は晴れやかな声を上げた。

「それで？　杜氏は見つかったのですか？」

とめが冷静に聞いた。

「いえ、それが……。探ってはみたのでございますが、半田の酒蔵だと言うと、皆、聞く耳を持ってはくださらず……」

「おんしまさか、見つけられねえまんま、すごすごと戻って来たっちゅうわけか!?」

米八が叱った。卯之吉の失態は、上役である己の不始末である。

「いいんですよ、番頭さん。元々、杜氏探しは口実だったのですから。……それよりも、よくぞここまで調べてくれました。礼を言います」

三六は卯之吉に向かって、丁寧に頭を下げた。

「とんでもないことでございます！　私こそ、お役目を果たせず、申し訳ございませんでした」

卯之吉も頭を下げた。

「ところでお前は、どうやって諸々の調べをつけたのですか？」

三六の問いかけに、卯之吉が頭を上げた。

「これは申し遅れました。長逗留(ながとうりゅう)するに足る金子(きんす)は、旦那様からお預かりしておりましたが、いつまでも客人のままでは深くは探れないと思い、江戸の醤油酢問屋で奉公していた頃のつてを頼って、灘の酢屋で奉公することに致しました」

「酢屋で？」

「もちろん、増倉屋の名は一言も出してはおりません。酒屋で働けば、もっと早く秘訣(ひけつ)を聞き出せたのでございましょうが、万が一間者だと知られれば、増倉屋に迷惑がかかると思い……。また酢屋であれば、焼けかけた酒を引き取って酒酢にするために、酒蔵と取引がございます。それも、上の人間は酢が移るのを恐れて店に近づきませんので、使いに来る下の者と懇意になって、いろいろと話を聞き出して参りました」

三六は満足げにうなずいた。

(卯之吉を見込んだ私の目に、狂いはなかった……！)

そう思いつつ、卯之吉の話の中に、何か閃(ひらめ)きを感じた気がしたが、その時は深く考える余裕がなかった。

「お姉様！」

突然、七三郎が叫んだ。

卯之吉の話を聴き終わった途端、くのが倒れたのである。

「くの、しっかりしなさい！」

とめがくのを抱え起こし、頰を叩いた。米八は、すぐさま店の者に医者を連れて来るよう言いつけた。

三六はうろたえつつも、冷静にならねばと己を叱咤(しった)し、まずは卯之吉を家に帰らせた。三ヶ月もの間、さぞや脚の不自由な母親のことが心配だっただろう。

その母親の世話を、くのに見させていたのは三六だった。決して無理はせぬよう約束させ、侍女をつけて、くのが何か指示を出せば侍女が働く、という状況を思い描いていたのだが、実際のところくのは、卯之吉の母の下の世話まで買って出ていたと、侍女から聞いている。

くのは嬉々(きき)として卯之吉の家に通い、毎日楽しそうに、その日何があったかを三六に話してくれていた。このように世話好きな性質の女人なら、丈夫に生まれていれば、どれほど人様の役に立てただろうと、不憫でならなかった。

またそんな妻の様子を見て、三六は日々、くのへの愛おしさを募らせてもいたのだが、もしやそのせいで疲労がかさんで、くのは倒れてしまったのではないだろうか。心当たりがあるだけに、心配がいや増し、胸が痛んだ。

「誓って、あなたさまのせいではありません」

病床で身体を起こしたくのは、そう言って薄く微笑んだ。

「無理もしておりません。お役目が終わったことで、気が緩んだのでございます。昔からこのようなことは度々ございました。やり遂げることはできるのでございますが、その後が駄目で……。気の持ちよう、なのだと思います。ご心配をおかけして、申し訳ございませんでした」

三六はくのに寄り添い、肩を抱いて己の胸にもたせかけた。

「わかった。……けれどこれからも、決して無理はしないと誓っておくれ」

くのは三六の胸に手を当て、耳をすませた。

「あなたさまの鼓動は、力強うございます。とても安心できて、健やかな気分になれます。……もしもの時は、どうかこうやって、私をお見送りくださいませ」

三六はくのの両肩を摑んで己の胸から引き剝(は)がし、顔を覗き込んだ。

「なんということを言うのだ。もしもの時などあるわけはない。お前は私の子供を……小栗家の跡継ぎを産まなくてはならない。……必ずや、だ！」

三六の目に涙が滲んだ。『二人の間にできた子供を小栗家の養子にすること』は、三六が中野半左衛門家の婿養子に入る際に、両家で取り決めた条件である。だが今、このことを持ち出すのは、横暴な科白に乗せた、三六の精一杯の愛情表現だった。断じてくのを失うわけにはいかない。

夫婦になった当初は、病弱な妻を見て、（この人にもしものことがあったら、小栗の家に帰っても許されるだろうか？）などと不謹慎なことを考えもした。けれど今やくのは、三六にとってかけがえのない人になっている。

三六は、再び妻を抱きしめた。白くて華奢な体は、力を入れると、薄い玻璃のように砕けてしまいそうだ。それでも抱きしめないわけにはいかなかった。さもないと、すうっと透明になって、消えてしまいそうだから。

「嬉しい……」

そう囁いたくのは、その後も寝たり起きたりを繰り返し、翌年十月六日、とうとう帰らぬ人となった。

第二章　初代・中野又左衛門

「これっ」

隣に座る番頭の米八を、とめが小声で叱った。

「うっ……うっ……」

米八は羽織の袖を濡らして、男泣きに泣いている。

寛政三(一七九一)年、二十歳になった七三郎が、中野本家の跡目を継ぐ日がやって来た。大広間で中野家一同が見守る中、七三郎は本日これより、六代・中野半左衛門を襲名することとなる。十七年前に五代目が早逝し、隠居から復帰した四代目が十一年前に亡くなって以降、空いていた『半左衛門』の名跡が復活したのだ。本家に長年勤める番頭が、感無量になるのも無理はない。

後の中野又左衛門こと増倉屋三六は、七三郎が受ける朱塗りの盃に酒を注ぎながら、剃ったばかりの滑らかな月代に、ちらりと目を向けた。四年前に前髪を落とした時からガラリと印象が変わり、急に大人びたように思う。

(長いと思っていたが、瞬く間であったな……)

三六は、七三郎の後見人として過ごしてきた、十二年の歳月を思い返していた。

四代目が亡くなった翌年、妻のくのが死んだ。わずか二十一年の儚い命であった。倒れてから一年余、日に日に衰えていった妻は、それでも痩せ細った身体で、懸命に生きようとしていた。それは、一日でも長く生きていて欲しいという三六の願いに報いるためでもあっただろうし、永遠の別れを覚悟する猶予を、三六に与えてもくれた。

だが、三六にはわかっていた。くのが、尽きようとしている命の火を、懸命に灯し続けた一番の理由が、この家にあることを。臨終の席で、もはや声を発することさえできず、濡れた目を向けて訴えかける妻の手を握り締めながら、三六は穏やかに語りかけた。

「わかっている……。心配しなくていい。私はどこへも行かないよ。ここに……後見人として、しっかりとこの店を守る、から……」

くのの目から、一掬の涙が流れた。

「もう……頑張らなくていい。約束は反故にしていいから……先に行って、皆を見守っていておくれ……」

三六の声が震えた。

「頼みましたよ、お姉様……」

七三郎も必死に涙をこらえていた。

「くの、よく頑張りましたね。わたくしはあなたを誇りに思いますよ……」

とめは優しく娘の頬に手を触れた。同席を許された米八と金五郎は、拳を握り締めて肩を震わせている。

くのは静かに目を閉じ、そのまま逝くかに見えたが、再び目を開けると三六を見てかすかに微笑み、椿の花が落ちるように、はらりとこと切れた。

その瞬間、皆が一斉に声を上げて泣き崩れた。

くのが亡くなったのは、折しも新酒の仕込みの最中であったため、三六は悲しみに浸ることもできなかった。

その前年に新たに雇い入れた兵太は、まだ三十前の駆け出しの杜氏で、今回が初仕事だった。賭けにも近い抜擢で、仕上がるまではヒヤヒヤしたが、どうにかこれまで喜助が造ってきた酒と、遜色のない酒を仕上げてくれた。さらに「増倉屋の酒の味が急に変わった」と言われぬよう、分家である中野半六家に長年仕えている杜氏に酒を直してもらい、なんとか蔵出しに漕ぎつけたのだ。

こうして、第一の関所は越えたものの、灘の上酒に近づけるには、まだまだ困難は山積みであった。

そうこうするうち、御三家である尾張藩の威光により、『中国酒』の江戸への下り荷が飛躍的に増え始めた。特に天明五（一七八五）年の出荷量の伸びは凄まじく、前年七千樽強だったものが、この年は五万樽を超え、以降も伸び続けていた。

三六は、卯之吉がせっかく探ってきてくれた、灘の酒造りをじっくり検証する時間も取れず、酒造りと所有地の拡大に追われる日々を過ごした。

くのの四十九日の法要が終わってしばらくした頃、三六は隣村にある乙川の料亭で接待を受け、芸者の白粉の移り香を纏って帰ってきたことがあった。

誤解を受けることを気にしながら屋敷に戻ると、普段はとうに寝ているはずのとめが、三六の帰りを待っていた。

バツの悪い思いで、義母が手ずから淹れてくれた茶をすすった途端、

「お話があります」

とめが姿勢を正したため、三六は茶を詰まらせてむせた。てっきり「くのの喪が明けぬうちに！」と咎められるのかと思っていた。またそうだとしても「接待も大事な仕事のうち」と開き直る構えもあった。ところが、とめの口から出た言葉は、意外や意外、

「わたくしゃ七三郎、ましてや米八たちに遠慮なさることなどありません」

であった。

「は？」

酔いも手伝って、三六はポカンと口を開けた。

「婿養子とはいえ、共に暮らしたのはたかだか二年。死んだ娘に義理を立てる必要もありません。身の回りの世話をする女人がいなくては、あなたも不便でしょう。実家のご両親も、首を長くして跡継ぎをお待ちでしょうから、どうぞ後添えをもらうなり、妾宅（しょうたく）を構えるなり、お好きになさいませ。寄り合いの流れで何があろうとも、後ろめたさなど微塵（みじん）も感じず、堂々とお帰りください」

三六は最初、とめが姑（しゅうとめ）として、嫌味を言っているのかと思った。しかし、義母は至って真剣であった。

「このことを早く伝えておかなくてはと思い、お帰りをお待ちしておりました。……よろしいですね」

会釈（えしゃく）をして立ち去ろうとした。

「お待ちください、お義母さん！」

酔いの余韻も吹っ飛んだ。

「私の心にはまだくのがしっかりと棲（す）んでおります。当分は、後添えをもらうつもりも、妾宅を構えるつもりも、ましてや岡場所の女人と同衾（どうきん）する気もありません。お気遣いいただかずとも、後見人はしっかりと務めますゆえ」

とめは三六の前に座り直した。

「それでは、わたくしが困るのです」

「困る、とは……？」

普段冷静なとめの顔が、少し歪んだように見えた。

「……あの子で四人目なのです、逆縁されるのは。……皮肉なものですね。わたくしがこれほど丈夫だというのに、子供たちはことごとく早逝し……。わたくしは、あの子の……くの望みはなんでも叶えてやりたかった。そのため、あの子が見初めたあなたを強引に婿にもらい、小栗のお母様を悲しませてしまいました」

「見初めた……って、くのが私を、でございますか？」

三六は思わず身を乗り出した。

「あの子からは、何も……？」

「はい、全く……」

とめは軽くため息をついた。

「そうですか……。きっとあなたの、重荷になりたくなかったのでしょう」

「いつ、私を？」

いくら思い出そうとしても、三六には、祝言前にくのに会った記憶がない。

「一度、お父様の名代で、あなたが寄り合いに現れた時に見かけてから、あなたを慕っていたようです」

それは養子に請われる、二年も前のことであった。

「気づきませんでした。てっきりくのも私と同じく、相手を知らないまま夫婦になったのだと……」

「あなたが、あの子と心を通わせてくれたことを、母として本当に嬉しく思っています。またそれゆえに、あの子の死があなたを深く悲しませてしまっていることも、本当に申し訳なく思っています。……七三郎の後見人をやり遂げてくれさえすれば、わたくしはそれで十分なのです。どうかあの子のことは早く忘れて、小栗家の跡継ぎを……」

とめは両手をついて、深々と頭を下げた。三六に対して、初めて見せた感情だった。

(こんな義母は見たくない)

三六はとっさに思った。とめにはいつも堂々と、凛としていてもらいたい。また同時に、いつも完璧に見えるとめが、とんだ親馬鹿であったことに、安心もした。

「お義母さんのお心の内は承りました。私自身がそうしたいと願う相手が現れたなら、遠慮も迷いも致しません。その代わり、お義母さんも今後一切、私に対する罪悪感を捨ててください」

とめが顔を上げた。

「よろしいのですね?」

いつものとめの顔だった。

三六は、緊張で強張りながら、盃に口をつける七三郎の伏せた顔に、亡き妻の顔を重ねた。細身で色白の七三郎は骨組みも華奢で、ふとした瞬間にくのの面影がよぎることがある。それはまるで、くのから「弟を頼みましたよ」と言われているような気がして、三六は三十六歳の今日まで、後添えを娶らずにいた。

七三郎改め、六代・中野半左衛門が襲名の口上を述べた。

昨年、幕府は寛政の改革の一環として、『御免関東上酒』と呼ばれる、江戸の地廻り酒の改善に取り組んだ。評価の低い江戸の地酒の質を上げ、他藩の酒を徐々に締め出していこうという試みである。この政策によって、右肩上がりだった増倉屋の出荷量も落ち始めた。

今や中野本家の土地は、半田村に留まらず、岩滑、乙川、成岩、西尾、御津にまで広がっている。三六は十二分に、後見人としての役目を果たしたと言える。

あのまま順調に出荷が伸びるようであれば、六代目誕生をきっかけに、後見人を降りて、分家させてもらっても良かったかも知れない。だが落ちることがわかっていて、弱冠二十歳の六代目に全てを任せられるわけがない。

出荷量が落ちるなら落ちたで、今こそ灘の酒造りを研究し、酒の味を改善する良い機会なのではないか。

（目処が立ったら、その時こそあの人を迎えに行こう……）

三六が、盛田波と再会したのは、小栗の実家であった。

前年の夏、母親が体調を崩したと聞き、見舞いに帰った際に、手伝いに来てくれていたのが波だった。

「もしや、あの時の……？」

三六が聞くと、

「はい。お久しゅうございます、三六様」

波は、はっきりと顔を上げてこたえた。三六より八つ年下だったはずなので、二十七歳ということになる。日に焼けて潑剌としており、何より笑顔が美しかった。

「三六、どうじゃ？　仕切り直して夫婦にならんね？」

己の腰を押さえながら、母が言った。波こそ、三六が中野本家に婿養子に入らなければ、一緒になって小栗家を継ぐはずだった許嫁であった。

「今は、何を……？」

「嫁には行かず、家の手伝いをいろいろと……」

波の生家の盛田家は、小鈴谷村で一番の名家で、酒造業を営んでいる。約二十年前、三六の父の小栗喜左衛門が酒造業を興す際、修業に行って、先代である七代・盛田久左衛門に気に入られたのが、盛田家との付き合いの始まりだった。

今は亡き父から「小栗の息子の嫁になれ」と言われて育った波は、その言いつけを口実に、八代目を継いだ兄や親類にうるさく言われながらも、頑として独り身を通していた。

十数年前、許嫁として初めて顔を合わせたあの日、波自身も「この人だ」と確信した。その日から、彼女は三六を生涯の伴侶と決めていたのであった。

しばらく見つめ合った後、

「まだ、忘れられませんか？」

波が、三六の目をまっすぐ見て聞いた。

「え？」

「奥様のこと。十年ほど前に、亡くなられたのでございましょう？」

「はい」

何を言い出す気なのだろうと、三六は身構えた。

「待っていても、よろしいですか？」

「何を、です？」

思いもよらぬ告白に動揺が隠せず、理解しているにもかかわらず、聞き返してしまった。

「あなたが奥様のことを忘れられる日を。もしくは、忘れられなくても結構ですから、私を迎えてくださる日を」

怯むことなく波が答え、三六は心を決めた。

「いつになるかわかりません。それでも待っていてくださるのですか？」

「はい。父の言いつけですから」

波は、白い歯を見せて笑った。

七三郎が六代・中野半左衛門を継いで二年後。三六は、盛田家の三女・波を後妻に迎えた。披露宴は、中野本家で行われた。黒紋付に袴姿の三六と、白無垢姿の波が上座に並び、向かって左手側には七三郎ととめを含む中野家の面々、右手側には盛田家の人々が並び、三六の生家である小栗家の両親は、村の世話役らと共に向かい側の席に着いた。自分はもう小栗家の人間ではないのだと、三六はしみじみと実感した。

波が三三九度の盃を飲み干した途端、波の母が、そっと目頭を袖で覆った。

波は日々、くるくるとよく働いた。三六の身の回りの世話はもちろんのこと、気がつけば奉公人に交じってお勝手に立っていたり、廊下に花を生けていたりした。店の者たちはもちろん、謹厳なとめともすぐに打ち解け、とめから着物の仕立てを習う様子など、はたから見れば本物の親子のようにも見えた。『お嬢様育ちなのに気取りがない』と、波に対する周囲の評判は上々であった。

「もっと鷹揚(おうよう)に構えていれば良いものを。焦(あせ)ることはないのだよ」

朝の身支度の最中、三六は、膝立ちで三六の着物の袷(あわせ)を整えてくれている波を見下ろして言った。

早々と中野家に馴染(なじ)んでくれた波を頼もしく思いながらも、婿養子の後妻という微妙な立場を気遣って、波が無理をしているのではないかと懸念(けねん)したのだ。

「ご心配には及びません。せかせかしているのは私の性分でございますから。実家でもそうでございました。じっとしているより、動いている方が気が楽なのでございます」

帯を三六の腰に回しながら、手を休めず答える。

「それに、ちょっとしたしきたりの違いも面白うございます」

「ほう。どんな違いが？」

「例えばふりかけでございます。盛田家では、二番出汁(だし)の出汁殻を煎ってふりかけを作るので、鰹節(かつおぶし)の味があまりしません。けれど中野家は、一番出汁を濃い目に取って、その出汁殻でふりかけを作られます。ゆえにこちらの方が、鰹節の味が残っていて美味(おい)しいように思います」

「そういうことが、楽しいと？」

波が、生活の違いを積極的に受け止められる性格であることに、三六は安堵(あんど)した。諸々(もろもろ)の隔たりに馴染めず、思い悩む類いの人間もいるのだ。

「それに、皆に交じって働いている方が、『行き遅れ』だの『行かず後家』だのと言われずに済みましたもので」

三六はぎょっとして波を見下ろした。およそ名家の娘の口から発せられる言葉ではない。

視線を感じ、波は手早く帯を締め終えると、三六を見上げた。

「少しお話しさせていただいてもよろしいでしょうか?」

「ああ」と三六は、その場に腰を下ろして波と向き合った。

「先頃、とめ様からも尋ねられました。『あなたのような大店の娘が三十路になるまで独り身を貫くのは、並大抵のことではなかったはず。それほどまでに、あの方を想っていたのですか?』と」

「義母上が……」

(負い目など、持たずにいて欲しいと言ったのに……)

だが、とめの心中は穏やかであるはずがない。自分が強引に破談にした相手の娘が、十数年経ってこの家に嫁いで来たのだから。

「くの様のことを、私に詫びてくださいました。……嫁いで間もない私に、そこまで打ち明けてくださるのならと、私もきちんと、自分の気持ちをとめ様に申し上げました」

三六の頬が強張った。波は果たして、義母を許したのか、それとも恨み言を言ったのか。

「あなたさまにも正直に申し上げます。私が長年、旦那様をお待ちしておりましたのは、くの様のように、一途にあなたさまをお慕いし続けていたからではございません」

「は？」

三六は拍子抜けした。波が何を言うつもりかは知らないが、くのからも波からも慕い抜かれるほど、自分には男としての魅力があるのだと、多少は自惚れていたのだが……。

「亡き父の、予言があったからでございます」

「……予言、とは？」

三六は力なく尋ねた。そんな三六の気持ちの変化に頓着する様子もなく、波は続けた。

「三六様のお父様が盛田家で修業していらした頃、私の父とは主従を超えた友情を育み、いずれお互いの子を夫婦にさせようと約束したことは、ご承知の通りでございます」

「ああ。確かに父からそう聞いている」

「さらに父は人相見が得意で、二十五年ほど前、夕餉の席に連れて来られた幼い三六様を見て『これは、何か大きなことを成すべき大人物の相だ』と上機嫌で話したそうで、常々、私に『波、おまえは小栗の倅の嫁になるんだぞ』と言い聞かせていました」

「そういう……ことだったのか……」

さまざまな思いが三六の胸に去来した。父親が決めた許嫁に好意を寄せたものの、くのと夫婦になって、波のことはほとんど忘れかけていた。けれど波が、長年自分を待っていてくれたと知って感激し、親の勧めもあって再婚した。ただそれだけのことだと思っていたのだが……。

「許嫁として、初めて三六様にお会いした時、私は憧れの目であなたさまを見ておりました。自分が叶えられなかった夢を、あなたさまに託そうと……」

「夢？」

「『これからの時代、女にも学問は必要』と、兄弟に交じって学んだせいでございましょう。私はまさしく、男に生まれて何かを成し得て、世のため人のために尽くしたかった女、なのでございます」

「………」

「それが叶わぬのなら、大人物を支える妻として、生きてゆこうと心に決めておりました」

（なんということだ……）

例えようのない重圧が、三六を襲った。

「その父が亡くなりましたのは、ちょうど三六様がこの家に婿養子に入られた年でございました。親類は皆『七代目はもはや鬼籍に入っているのだから、約束を守る必要はない。諦めて嫁に行け』と諭しましたが、私は『父がこの世にいないからこそ、勝手に約束を破るわけには参りません』と突っぱねました。そうこうするうち、くの様がお亡くなりになり……」

波は三六の前に両手をつき、

「私は父の見立てを信じております。旦那様は、必ずや何かを成すべきお方。……どうか私に、あなたさまを支えさせてくださいませ」

神妙に頭を下げた。

三六は、即座に返事をすることができなかった。己が『何かを成すべき大人物』などとは、にわかに信じがたい話である。だが仮にも、代々続く盛田家の先代が放った予言を、一笑に付すことなどできない。

(……それが何だというのだ)

見立てが当たろうが外れようが、そんなことは肝ではない。それよりも、一人の人間が三六を信じ、一生を賭けて支えようとしてくれている。このことは紛れもない真実で、いつ切れるとも知れない男女の色恋の絆よりも、遥かに太い。これは、人と人との絆なのだ。

「わかった。私は、私を信じてくれる、お前を信じる」

三六は、波の手を取った。掌から力がみなぎり、膨れ上がってくるような感じがした。

その日から三六は、数年前から取り組んでいた、増倉屋の酒の改良に、本格的に力を入れ始めた。かつて卯之吉が探ってきた、灘の酒造りの技法をいろいろと試してもみた。

その卯之吉は、二番番頭に出世し、三六の右腕として欠かせぬ存在となっていた。

生真面目一辺倒の三六と違い、卯之吉には、一瞬で人の心を和ませる不思議な魅力があった。それは生まれ持った愛敬なのかも知れないし、人の何倍も頭が回る卯之吉が身につけた、処世術と呼ぶべきものなのかも知れない。ともすれば軽く見られることもあるが、その時こそ三六の出番で、誠実さ溢れる物腰で、相手の信用を得るのだった。

「他に、打つ手はないだろうか？」

酒の改良が思うように進まず、三六は焦っていた。米、水、湧き時間、酒蔵の温度を変え、果ては酒樽を馬に積んで運ばせても、灘の酒の味わいには及ばなかった。精米一つを取ってみても、水量の少ない半田の河川では、水車を置くことさえ難しい。

もはや万策尽きたと、卯之吉もため息をついた。と、

「旦那様。お願いがございます」

酒蔵の入り口から、波が声をかけた。蔵は女人禁制であるため、三六は表に出た。

「余っている酒粕を、少し分けていただいてもよろしいでしょうか？」

「構わないが、何に使うんだ？」

造り酒屋で大量に出る酒粕は、粕汁や粕漬けを作ったり、焼いて食べたりと、人の口に入るものもあるが、ほとんどは家畜の餌か、畑の肥料である。それも、酒の出荷量の増大に対して酒粕の消費が追いつかず、捨てられるものも少なくはなかった。

「村の子供たちに、焼いてお砂糖をまぶしたものを、食べさせてあげたいのでございます」

「砂糖？」

「盛田の家ではよくそうやって、八ツ刻（午後三時頃）にいただいておりましたが、先ほどお勝手で、皆にこの話をしましたところ、誰も、酒粕を砂糖でいただいたことなどないと……」

どうしたものかと黙り込む三六に代わって、後に続いて表に出てきた卯之吉がこたえた。

「それはそうでございましょう。砂糖などという贅沢品、村の者が気安くいただけるわけはございません」

「それならご心配には及びません。実家から持参した砂糖が、まだたくさん残っておりますゆえ」

「さすがはお嬢様……」

卯之吉が小さくつぶやく声が、三六に届いた。

「好きにしなさい」

三六が言い、波は礼を言って嬉しそうに去って行った。

「確かに、酒粕が捨てられるのは忍びないことではございますが……。もう少し酒の味が抜けていれば、砂糖に頼らずとも、子供たちが食べてくれるのでしょうが……」

卯之吉の言葉を、「ん？」と三六が聞きとがめた。

「どういう意味だ？」

「はい。酒粕は、そのままでは酒が焼けた香りがツンときつくしますので、苦手な子供が多く、お腹を空かせていても口にしようとは致しません。網で焼いても、のぼせてしまう子や、体に合わずに酔ってしまう子もおります」

「つまり、あれだけ絞っているにもかかわらず、酒分がまだ大量に残っているということか……」

――粕なのに、たくさん香りが残っている……？

三六の頭の奥で、何か疼くものがあった。確か波が嫁いで来た頃に、同じような話を聞いた覚えがある。途切れないよう、慎重に記憶の糸を辿ってゆく――。と、

「そうだ！　出汁殻だ！」

思わず大声が出た。波が、盛田家と中野家のしきたりの違いが面白いと感じた例えとして、出汁殻で作る、ふりかけの話をしていたのだ。二番出汁の出汁殻とは違い、一番出汁の出汁殻で作るふりかけには、鰹節の味が残っている、と。

「なあ卯之吉。酒粕をもう一度水で溶いて湧かし、絞ってみてはどうだろうか？　二番出汁を取るように」

「酒粕を再び絞るのでございますか？　そんなことをしてもできるのは……」

「そう、酢だよ！」

三六の脳裏に、蔵人の一人であった大吾の顔が浮かんだ。中野家に婿入りしたばかりの時期、隣村の造り酒屋に頼まれて、二番桶に酢を入れて焼き、行方知れずになった男だ。

酒は、焼けると酢になる。では最初から酢を作るつもりで、酒粕に残った酒の成分を利用できるのではないか。

「何をおっしゃいます！　造り酒屋で酢造りはご法度。酢が移って、酒が焼けてしまいます！」

卯之吉は必死に訴えた。誰もが反対するに違いない、無謀な試みである。

「決して酒に害が及ばぬよう、離れた土地に、粕酢の専用蔵を建てればいい。もし順調に商売の流れができれば、本家・分家ばかりか、盛田家や小栗家から出る酒粕も活かせるかも知れない。これは、挑む価値がある仕事だ！」

三六は、己の魂が高揚するのを感じた。

また、粕酢造りのきっかけをくれたのが波であることにも、大きな意味を感じていた。大店とはいえ、半田村の造り酒屋の、跡取りでもない婿養子が、何かを成すべき大人物になれるとしたら。粕酢で食の流れを変えられるとしたら。

これが、波の夢に繋がる第一歩なのかも知れないのだ。

「お気は確かか、三六殿？」

三代・中野半六は、目を見開いて三六の顔を覗き込んだ。恰幅が良く、貫禄がある半六は、一見、三六より年嵩に見えるが、実際は一つ下である。

本家の夕餉の席に分家の半六を招いたのには理由がある。

半六家は、本家である半左衛門家が三代目の時に分家したのだが、今や酒造業だけでなく、廻船業も行っており、増倉屋の酒の江戸送りも担うなど、本家にとっても頼もしい親戚筋であった。

さらに半六は、『尾張藩御用達』のお墨付きをもらうことを悲願としており、本家もこれを後押ししていた。もしそうなれば、中野家全体の繁栄に、引いては半田村の発展に繋がるからだ。

三六は、七三郎こと当主の半左衛門と、義母のとめ、大番頭の米八ら四人に、粕酢造りの構想を切り出した。妻の波と、二番番頭の卯之吉も同席し、ハラハラと皆の反応を窺っている。

話を聞き終え、まず血相を変えたのが半六だった。

「皆様もご承知の通り、古より『酒は聖作』と言われております。我ら造り酒屋は、神々に捧げるための酒を造る役目を担った、尊い仕事。酒が人の口に入るのは、しょせん神々のおこぼれにあずかっているに過ぎませぬ。その大切な酒を焼く、大敵である酢を造ろうなどとは……」

呆れてものも言えぬ、とばかりに半六は唸った。若輩とはいえ、本家の当主である半左衛門を差し置いての発言とは、よほど驚いた証拠である。

「罰が当たって、本業も立ちゆかなくなるのではありませぬか」

廻船業は儲けも大きいが、もし船が沈んだりすれば、途方も無い損失が出る稼業である。あらゆる災いを避けたいと願うのは当然のことだ。半六は賛同を得るべく、半左衛門の、次いでとめの顔を見た。

だが二人は、半六の言葉にうなずきつつも、頭ごなしに反対しようとはしなかった。長年、半左衛門の後見人として、これまで後妻も娶らず、勤勉実直に尽力してきてくれた三六には絶大の信頼を置いている。その三六が、禁忌に触れてまで粕酢造りを手がけたいと言うからには、よほどの勝算があるに違いないと考え、三六の次の言葉を待った。

果たして三六は――。

「お上による『御免関東上酒令』の発令により、江戸の地酒を盛り立てるべく、他藩の酒は軒並み出荷を控えさせられております。聞きましたところ、江戸酒の評判はあまり良いとはいえず、珍重されるのは上方の酒であることに変わりはありませぬ。我らは、酒の改良に努めつつも、対岸の大浜の味醂のように、半田の特産物を別に造るべきだと考えます」

一同、余計な口を挟まず、じっと三六の言葉に聴き入っている。

「そこで、私は粕酢に目をつけました。酒造りの際に大量に出る酒粕の一部は、焼酎や漬物造りなどに使っておりますが、大部分は安値で百姓に売り渡しております。しばらく日に晒して、酒分を相当飛ばさないと使えない酒粕は、肥やしにしても下物（したもの）にしかなりません。けれど、焼酎や味醂を造った後の焼酎粕や味醂粕は、酒分がほとんど残っていないため即座に使え、上物の肥やしとして取引されております」

ここで三六は一拍置いた。これまでの話は、すでに誰もが知っている状況のおさらいだ。いざここからが、皆を説得できるかどうかの勝負である。

「かといって、焼酎を造っても出荷量は期待できず、味醂は大浜の二番煎じで、今更始めたところで人真似（ひとまね）のそしりを受けかねません。けれど粕酢ならば……。これまで誰も手がけたことのない、我ら独自の新たな商売を興すことができる！」

「なるほど！　この試みがうまく運べば、その時に出る酢粕は酒分が飛んで、焼酎粕や味醂粕と同じく、酒粕よりよほど高値で取引される、というわけでございますね」

半左衛門が合点した。

「それに、巷（ちまた）で販売されている米酢（こめず）は高価で、なかなか万人が酢の物を口にすることができませんが、酒粕で酢を造ることができれば、米酢に比べて格段に安く、旨味（うまみ）のある品として出荷できます。世の人々が、気軽に酢を使えるようになり、食に広がりができる」

三六の言葉が熱を帯び、半左衛門の目がさらに輝いた。

「すごいです、義兄上！　余りすぎて二束三文だった酒粕が、安価で旨味のある粕酢と、上物の肥やしに生まれ変わるとは……！」

「お待ちくだされ」

半左衛門の言葉を、半六が遮った。

「それはあくまで、粕酢造りが成就した後の話になりましょう。そもそもの、酢造りが酒造りに害を及ぼすという点を、三六殿はどのようにお考えか？」

半六の眼差しは真剣そのもので、ちょっとやそっとでは折れぬ、という気構えに満ちていた。

「それこそ、思い込みというものでございましょう」

三六は、半六の神経を逆撫でせぬよう心を配り、努めて穏やかにこたえた。

「思い込みとは？」

半六が右肩を突き出し、挑むごとく前かがみになった。

「私は当家に婿入りしたばかりの頃、思い込みによって数々の失敗をして参りました。それを先々代と、とめ様に正していただき、今日があります。……半六さんも覚えておいででしょう、四代目が亡くなってすぐ、喜助が杜氏を辞したことを」

半六は一瞬遠い目をし、すぐに思い当たったように視線を戻した。

「……確か、四代目に忠義を尽くして辞めた、と伺っておりますが……？」

「今だから申せますが、喜助は忠義心からではなく、私の下では働きたくないと、私を見限って辞めたのでございます」

「なんと……！」

半六の驚きをよそに、三六は、失踪した大吾にまつわる一連の話を半六に明かした。当時を知る半左衛門、とめ、米八は悲痛な表情を浮かべ、事情を知らなかった半六、波、卯之吉の三人は、驚きの表情を浮かべた。

「喜助が暇乞い（いとまご）を申し出た時は、己の愚かさに地団駄（じだんだ）を踏む思いでございました。先行きの不安に押しつぶされ、カッとなって、喜助を怒鳴りつけた私を、とめ様が制してくださいました。そして、『喜助がいなければ美味しい酒が造れない、などというのは思い込みに過ぎない。むしろこの窮地を、より良い酒造りに挑める好機と考えなさい』と」

半六は憧憬（しょうけい）の眼で父の妹、つまり叔母でもあるとめを振り返った。彼は常々、物事に動じず、常に前を見据え、的確な判断をくだすとめに一目置いていた。だがとめは何も語らず、静かに視線を落としたままである。

「現に喜助が去った後も、紆余曲折（うよきょくせつ）はございましたが、半六さんも力を貸してくださったおかげで増倉屋は商売を広げ、喜助がいた頃と遜色のない酒を造り続けることができました」

「いかにも」

半六が胸を張り、大仰（おおぎょう）にうなずいた。

「これと同じく、造り酒屋が酢を造ってはいけない、というのも思い込みでございます。……確かに、同じ敷地（しきち）内で酢造りを始めれば、酢が移って酒が焼けもしましょうが、今や我らの土地は各所にあります。酒蔵から遠く離れた一角で粕酢造りを始めれば、酢が移ることはない」

「そう、言い切れると？」

「懸念されているのは、人の行き来でございましょう。ゆえに私を含め、酢蔵から酒蔵に行く者には、着物を全て着替えさせ、頭には手拭いを巻かせるなど、万策を尽くして酒が焼けるのを防ぎますゆえ、どうかお許しいただきたい。粕酢が売り物になるまでには、何年かかるかわかりませんが、この試みは必ずや当家に益をもたらし、この村を栄えさせると信じております」

三六は深々と頭を下げ、波も夫に倣（なら）った。

皆は一斉に半左衛門に目を向けた。若き当主の心はとうに決まっていた。涼やかな目で三六を見つめつつ、はっきりと告げた。

「義兄上の好きになさってください」

「ありがとうございます！」

思わず叫んだのは波であった。

「これ、声が大きい」

三六に小声でたしなめられ、

「申し訳ございません！」

またもや声高に謝った。三六は困り顔で、

「実は、粕酢を造ろうと思いついたのは、ここにいる波のおかげでもあります。波には、先にこのことを話しておりましたので、気が気ではなかったようで……」

と、波を庇(かば)った。これを見た半六は、おもむろに懐(ふところ)から扇子を取り出し、己の顔を仰ぎ始めた。

「今宵(こよい)は何やら、暑うござるな」

とぼけたような言いように、場がほっと和んだ。

「では半六さんも、よろしいのですね?」

とめが、半左衛門と半六にうなずきかけた。

「無論。本家の当主のおっしゃることに、逆らう気はありませぬ。……三六殿、使い古しでよければ、当家で不要になった桶や樽を譲りますゆえ、いつでも言うてきてくだされ」

半六が笑った。普段は強面(こわもて)の半六だが、笑うと一気に、赤ん坊のように柔和で無邪気な笑顔に変わる。福耳であることも手伝って、まるで恵比寿(えびす)様のようである。

(これぞ、人たらしの相だ)

この笑顔で何かを頼まれると断れず、つい許してしまう。半六家の繁栄の一端は、この笑顔が握っているのではないだろうか。

「ありがとう存じます。是非……」

三六は我知らず、半六につられて微笑んでいた。

酒粕を桶に入れて水を加え、しばらく置いてからしっかりと混ぜ合わせて袋に小分けし、ゆっくりと絞り切る。絞った汁を沸かした後は、元になる酒酢を少量加え、樽に仕込んで発酵を待つ――。

粕酢造りの工程は、おおむね酒造りと変わりはない。道具もほぼ、同じものが使える。三六は、中村の地に簡素な小屋を建て、卯之吉と共に粕酢造りの試作を始めた。入れる酒酢の量を変えて、いくつかの桶で粕酢を造ってみた。

「駄目だ……。どれも濁りがある上、雑味が多い。もっと旨味があって、澄んだ酢を作らなければ……!」

「まだ始まったばかりでございますよ」

消沈して帰ってきた三六を、波が励ました。

酒においても、どぶろくより清酒が好まれるように、酢も澄んでいる方が良いものに見える。増倉屋の暖簾（のれん）を辱（はずかし）めぬ酢になるよう、三六たちは時間のある限り、粕酢造りに没頭した。

毎年春になると、酒を絞った後の酒粕が大量に出る。それらの中から、余った酒粕を運んできて、桶に入れておく。傷まないようしっかりと蓋をして、少しずつ取り出し、水に浸す期間や沸かす時間、樽に詰めて寝かせる時間などを様々に試した。

本家の仕事が忙しく、二人共小屋に来られない時もあるため、粕酢造りに専念できる手代を一人、酒方から回してもらいもした。

さらに、酒粕の違いが味の違いに繋がるかを試そうと、半六家をはじめ、三六の生家の小栗家、波の実家の盛田家からも酒粕を集め、造り比べた。澄んだ酢に近づけるために、清酒造りと同じく、灰を通してみたところいくぶん濁りが取れた。

こうして、売り物までには及ばないまでも、なんとか試作に漕ぎ着けた。

三六は早速、試作の粕酢を周囲に配り、意見や感想を求めた。だが村の人々は、粕酢を何にどう使えばいいのか、途方に暮れるばかりであった。

「ここは私にお任せください。粕酢を使ったお料理を、いくつか考えてみます」

襷掛けをして張り切る波のおかげで、三六の焦りが消えた。


寛政七（一七九五）年、幕府は『酒造・江戸入津勝手令』を発布した。酒の江戸送りの制限が解除されたのである。

これにより、息を吹き返した上方の酒は巻き返しを図り、江戸に送る酒の量を増大させた。不評であった江戸の地酒は、幕府によって始めさせられたにもかかわらず、ここに来て見捨てられた形となり、大打撃を受けた。元来、上方の酒の後塵を拝し、価格を抑えることで出荷量を保っていた尾州の酒も、土俵際に立たされた。

三六は、粕酢の完成を急いだ。


旅立ちにふさわしい、晴れやかな朝であった。木々が艶やかに紅葉し、天高くトンビが飛び交っている。

文化元（一八〇四）年十月——。

「行ってらっしゃいませ、旦那様。道中ご無事で」

「では、行ってくる」

七年前、厄年を機に、三六は又左衛門に改名した。住居も本家のある北条から、酢蔵のある中村に移し、波と、住み込みの奉公人数名とで暮らし始めた。

今年の正月から分家を許された又左衛門は、本家から酒株を譲り受け、自身の酒蔵を興した。卯之吉を支配方の長に据え、酒の仕込みが一段落したのを見計らって、下り酒問屋への挨拶回りを口実に、初めての江戸見物を思い立ったのである。

二十年余、本家に尽くしてきて、又左衛門も早や四十九。今この機会を逃せば、一生江戸に行けないかも知れない……。そう思うと矢も盾もたまらず、波と卯之吉、本家に話したところ、皆から「一人では行かせられぬ」と猛反対された。

一人旅は何かと不便で物騒である上、何か起きた時に対処ができない。江戸暮らしの長かった卯之吉が供をしてくれれば安心なのだが、分家したばかりで、当主と支配方の長が揃って店を空けるわけにはいかない。

そこで又左衛門は、日頃から親しくしている間瀬利兵衛に声をかけた。利兵衛の家も、白子屋という造り酒屋で、長男に家督を譲ったばかりの隠居の身ゆえ、江戸の酒問屋回りをするならちょうどいい、と誘いに乗ってくれたのだ。

菅笠を被り、手甲、股引、脚絆を身につけ、用心のための道中差をさした又左衛門は、草鞋の紐をしっかりと結ぶと、杖を手に、意気揚々と待ち合わせの茶屋に向かった。

先に茶屋の縁台で待っていた利兵衛は、又左衛門を見上げ、

「荷物が多うございますな。何かお持ちしましょう」

思わず声をかけた。又左衛門は、行商にでも行くような、大きな風呂敷包みを背負っており、その上から振り分け荷物を肩にかけていた。

「なに、道中段々と軽くなりますゆえ、心配はご無用にございます」

「それは、どういう……?」

首をかしげる利兵衛を、

「さあさ、参りましょう」

又左衛門が急き立て、二人は東海道へと歩を進めた。

初日は、三河の岡崎宿を通って藤川宿に一泊した。旅籠屋が三十数軒と、そう大きな宿場町ではないが、行きと帰りは異なる宿場に、というのが又左衛門の狙いであった。できるだけ多くの土地で、半田の酒がどのように飲まれ、どう評されているのか。その土地の料理には、どんな酒が合うのか。そして……。

「何をしておられる？」

利兵衛が尋ねた。半田を発って二日目の昼、二人は大勢の人が行き交う吉田宿の飯屋で、名物の『菜飯田楽』を食していた。

「ようもここまで細こう、大根菜が刻めるものですなぁ」

「田楽の豆腐がまた。焼いた外側はパリッとしておるのに、中は滑らかで。それにこの味噌だれの美味いこと。何本食べても飽きませぬな」

などと舌鼓を打っていたのだが、周囲に人がいなくなった途端、又左衛門は風呂敷包みを解いて、竹の水筒を一本取り出した。漬物が入っていた小皿に、水筒の中身を注ぎ入れると、そこに豆腐田楽を浸けて食べた。口中でじっくり吟味する。次に串を手に取り、豆腐に乗った田楽味噌を小皿の液体の上に削ぎ落とし、溶き始めた。

「それは、件の……」

「はい。粕酢でございます。地元ではいろいろと試していただいておりますが、他の地方の食材や、人々の好みに合うかどうかが気になりまして……」

そこへ、

「おまんら、何しよるだに？」

店主らしき人間が、奥の土間から出て来た。

「酒なら注文してくれんと。勝手に持ち込まれちゃあ、困るだに」

「ご亭主、これはちょうど良いところに。私は、尾州半田村で造り酒屋を営んでおります、中野又左衛門と申します。これは酒ではありません。酒粕で造った、うちの店にしかない粕酢でございます」

「酢じゃと？」

店主の眉がピクリと動いた。

「はい。こちらさまの菜飯田楽、さすがは名物と呼ばれるだけあって、たいそう美味しゅうございました。この、甘味のある田楽味噌と、風味をさっぱりさせる粕酢は、とても相性が良いように思いますが、試しに使ってみてはいただけませんか？」

又左衛門が竹筒を亭主に差し出す前に、

「ようもうちの味に、ケチつけただな！　出てけ！　二度と来ねぇでくれ！」

二人は店を追い出されてしまった。

「荷が段々と軽うなると話されていたのは、行く先々で粕酢を配って回る、ということでございましたか」

両側に松の木が立ち並ぶ街道を歩きながら、利兵衛が胸を押さえて言った。走って来たため、まだ息がきれている。

「いやはや面目ない。なにせ粕酢は、他所では手に入りませぬゆえ、持参するしかない、と……」

往来を、馬や駕籠（かご）、巡礼、虚無僧（こむそう）、飛脚、人足などが、ガヤガヤとすれ違って行く。隣の二川（ふたがわ）宿までは、一刻もかからない距離で、平坦（へいたん）な道が続いている。

二人は新居（あらい）宿で泊まって、翌朝早く舞坂（まいさか）宿まで渡るか、せめて白須賀（しらすか）宿までは歩くつもりでいたが、みるみる雲行きが怪しくなり、二川宿に着いた途端、雨が本降りになった。

「これはいかん。早う宿を探さねば」

二人は手近な軒下に避難し、合羽（かっぱ）を羽織った。隣の問屋場で宿を斡旋（あっせん）してもらうという手もあるが、又左衛門には、卯之吉から授けられた知恵があった。

『もし旅先で宿屋に困られたなら、大名がお泊まりになる、本陣の隣の旅籠屋にお泊まりください。行列であぶれたご家来衆を泊めることもございますので、格式が高く、安心でございます。多少値は張りますが、何より御身（おんみ）大事とお考えください。さらに玄関先の板間に、旅人の荷物がたくさん積んであれば、人気の宿の目安となりますので、なおよろしいかと……』

と提言されていたのだ。利兵衛に話すと、それはいい考えだと同意を得たので、二人は二川宿の半ばにある、本陣の隣の『清明屋(せいめいや)』という旅籠で草鞋を脱ぐことにした。

宿代を弾んだおかげで、二人は奥座敷(ざしき)に案内された。床の間と入側(いりがわ)、専用の風呂と雪隠(せっちん)が付いている、上客用の部屋だ。

多少雨に濡れたことと、腹がまだ減っていないこともあって、先に風呂を沸かしてもらった。利兵衛に一番風呂を譲ろうとすると、疲れたから一寝入りすると言うので、又左衛門は風呂場に向かった。

五右衛門(ごえもん)風呂の大きさは、だいたいどこも同じだが、武家も使うだけあって、白壁のしっかりした造りであった。洗い場もあり桶が置いてある。又左衛門は湯に浮かべた蓋の上に片足を乗せると、蓋が水平に沈むよう慎重に体重をかけて湯に浸かった。

(長い年月であったな……)

波と夫婦になり、粕酢造りを始めて十年――。改名し、中村に移り住んでからも、すでに七年が経っていた。この間、粕酢造りは混迷を極め、諦めかけたことが何度もあった。

「酒造りは年に一回勝負で、仕込みに半年かかる。それに比べれば、粕酢は年中造れて、三ヶ月で出来不出来がわかる」と、強がっていられたのも最初のうちだけだった。光明が見えかけたと思ったら、次の仕込みで桶が全滅し、また仕込んでは三ヶ月待ち……を延々と繰り返した。

幾度となく失敗した挙句、酛となる種酢の量が足りないのだということに気づいた。悪さをする時——酒を酢に変える時、という意味だ——は、わずか少量で酢になるくせに、いざ酢になって欲しい時には、こんなにも天邪鬼で、大量の酢を必要とする。

そこで、出来の良い樽をいくつか選び、粕酢を半分残して種酢にし、次の酢を仕込むことにした。すると、一巡目より二巡目が、二巡目より三巡目の方が粕酢の精度が上がり、旨味があって雑味と濁りのない、米酢に勝るとも劣らぬ酢がようやく完成した（試しに四巡目以降も続けてみたが、それ以上にはならなかった）。

そこで、半田で行きつけの料亭や料理屋で粕酢料理を試作して出してもらい、お客の反応を聞いて回った。

波は波で「酢蛸」や「貝のぬた和え」など、次々と粕酢料理を考案し、おかみさんたちを集めては作り方を教え、粕酢を持ち帰ってもらった。

こうして粕酢料理を定着させ、二年の歳月をかけて、半田での販路を築き上げた。分家して酒造業を興すと共に、粕酢を酒と並んで、第二の商品として売り出したのだ。

江戸は元より、もしも東海道中で粕酢が認知されれば、もっと大量に粕酢が造れ、酒粕を無駄にしなくて済む。

さらにこれは後から気づいたことだが、酢方に関わることになって以来、身体の調子が以前より良くなったように感じる。酢に何の効能があるのかはまだわからないが、いずれこの件もきちんと調べて、身体に良いという確証が取れたなら、人々に伝えてゆかねばと思う。


風呂から上がり、夕餉のおかずを女中に聞くと、焼き魚と根菜の煮付と香の物で、別に代金を支払えば、竹輪とわかめの酢の物が付けられると言う。

「竹輪とは豪勢ですね」

又左衛門が言った。魚の身を、すり鉢で滑らかになるまですって、棒に巻きつけて焼く竹輪は、当時の高級食材であった。

「へえ。ここいらで作っとりますすけえ」

そこで又左衛門は、倍の代金を払うから、通常の酢の物と、粕酢を使った酢の物の二種類を、二皿ずつ作って欲しい、と頼み込んだ。

果たして、一汁三菜の膳の他に、酢の物が二皿ずつ運ばれて来た。

「利兵衛さん、どうぞ。召し上がってみてください」

利兵衛がうなずき、見ただけでは料理の違いがわからない、絵柄違いの二つの皿を食べ比べた。

「いかがでございますか？」

聞かれて利兵衛は、左の皿を持ち上げた。

「こちらの方が、甘味があって旨い。竹輪の旨味も、より深く感じられるように思います」

又左衛門は満足げにうなずき、己の手つかずの二皿を、女中の前に置いた。

「あなたも、是非」

女中は、戸惑いながらも箸を取った。利兵衛が選んだのと、同じ絵柄の皿に入った竹輪を口に入れると、驚いて目を見開いた。

「いつもの味と、違うだに。……うんめえだ！」

女中は不思議そうに、二つの皿を食べ比べた。

「おめぇさまの酢は何が違うだ？」

又左衛門と利兵衛は、顔を見合わせて笑った。


翌日二人は、前日の遅れを取り戻そうと、昼は遠江（とおとうみ）の新居宿で関所を越え、今切（いまぎれ）の渡しを頼んで浜名湖を渡り、舞坂宿に着いた。この辺りの湾一帯は、鰻（うなぎ）の産地である。二人は、力をつけるために蒲焼（かばやき）を食べ、代官所のある見附（みつけ）宿に泊まった。安全を重視してのことである。

四泊目は駿河（するが）に入り、岡部（おかべ）宿の大旅籠『柏屋（かしわや）』に泊まった。やはり本陣の隣の旅籠であるが、柏屋は始めから、本陣に泊まりきれない家来衆を泊めることを想定しており、入って右手側が武士の宿泊場所、左手側が町人と主人一家の宿泊場所、と土間で区切られている。武士側の畳には縁（へり）があり、町人側は縁のない野郎畳が敷かれていた。

「今日はへえ、日が良かっただわ。お侍さんがお泊まりん時はえろうやかましいし、大井川が長いこと川止めになった日にゃあ、こん六畳間に十人も泊まりなさることもありゃあね。そりゃあえらいこんだぁ」

半田から江戸へ行くには、大井川と安倍川（あべかわ）といった、川越（かわごえ）人足を頼まなければ渡れない川があった。雨が降って水嵩（みずかさ）が増せば、当然人足も川を渡れないため、足止めを食らって、玉突き状態に宿に人が溜（た）まることとなる。

夕餉は、あさりの味噌汁に野菜の炊き合わせ、湯やっこに沢庵（たくあん）と梅干しの一汁三菜。女中に名物を聞くと、お茶と蜜柑（みかん）と筍（たけのこ）だと言うので、干し筍が酢の物に使えるのではないかと考え、波への土産に購入した。

翌日は、東海道の難所の一つ、宇津ノ谷峠（うつのやとうげ）を越えなければならない。

「さて、参りましょうか」

利兵衛が重い腰を上げた。ちょうど江戸までの道中の中程に差し掛かり、旅の疲れが出る頃である。

「なんの。ここを踏んばれば、冬の間だけ食べられる、とろろ汁が待っておりますぞ」

とろろ汁は、一昨年発刊されて大評判となった十返舎一九（じっぺんしゃいっく）の『東海道中膝栗毛（とうかいどうちゅうひざくりげ）』にも登場する、丸子宿の名物である。

「あなたって人はまぁ、東海道の名物を食べ尽くすおつもりですか。朝餉をいただいたばかりだというのに」

「無論。そのために朝は控えめにしておきました」

又左衛門は胸を張ってこたえた。

二人は、『丁字屋』という茶屋に入った。滋養のある自然薯をすって、白味噌出汁でのばしたとろろ汁がかかった麦飯をかきこむと、峠越えに向けて、みるみる力が湧いてくる気がした。

又左衛門たちはこの後、安倍川で雨に祟られ、丸一日、足止めを食らった。この後も蒲原、箱根、平塚、神奈川といった宿場に泊まり、道中は予定外のこともいくつか起こったが、卯之吉の進言に従い、旅籠選びは金子を惜しまず、格式の高い宿を選んだので、泥棒や置き引き、食当たりなどの厄災には遭わずに済んだ。

半田を出発して十日後。品川から江戸湾を回り込み、又左衛門たちはついに、下り酒問屋が立ち並ぶ、新川に辿り着いたのである。

「これはまた……絶景ですな！」

利兵衛が感嘆し、又左衛門は言葉を失った。

新川の宿に着くや、まずは富岡八幡宮にお参りしようと宿に荷を預け、二人は大川（隅田川）の河口にかかる巨大な永代橋に向かったのだが、圧巻の景色に、橋の中央で思わず足を止めた。

右手前方、佃島の手前には、帆を畳んだ弁才船が十隻以上、静かに停泊している。佃島の遥か西上空には、富士の山が霞んで見える。左手側には深川新地。木々の間に、黒板塀の屋敷や蔵が立ち並んでいる。

正面の江戸湾からは、品川沖で弁才船から荷を積み替えられた川船が、雄々しく帆を張り、一列に並んでこちらに向かっていた。帆掛け船が橋の下をくぐれるよう、永代橋は満潮時でも、水面から二間（約三・六メートル）の高さを保てるように造られている。

荷を積んだ船が次々と足元に吸い込まれてゆくのを、二人は子供のように、欄干に足をかけて見下ろした。

「船を真上から見られるとは、さすがは将軍様のお膝元！」

「なんとも壮観ですな」

船の進行に合わせて反対側の欄干まで走り、今度は船が現れるのを、心躍らせて眺めた。

海と見紛う広大な大川の両岸には、蔵が立ち並んでいる。船はそれぞれ、各地の運河や、両国、浅草を目指して川を遡ってゆく。

また逆にこの大川からは、野田や銚子から、大量の醤油樽を積んだ船が下ってくるのだ。

「それにしても、積まれている酒樽は上方のものばかりですな」

又左衛門が眉をひそめて言った。伊丹、灘、池田、西宮といった酒どころの銘柄が、酒樽に記されている。

「いかにも」

利兵衛はうなずき、

「ささ、いつまでも見惚れていては日が暮れてしまいますぞ」

と我に返って、対岸の先にある、富岡八幡宮を目指した。

これより三年後の文化四（一八〇七）年八月十九日、富岡八幡宮の祭礼の日、長さ百十間（約二百メートル）、幅三間強（約六メートル）もある永代橋は、押しかけた人々の重みに耐えきれず、大勢の人々と共に橋の東側が落下した。

「橋が落ちたぞ！」

と言う叫びも虚しく、橋に踏み止まった人々も、押し寄せる群衆に押されて次々と川に転落した。異変に気づいた南町奉行所同心の渡辺小佐衛門が、刀を抜いて振り回し、人々を蹴散らして、やっと人の波を止めたと言う。

千四百名以上もの溺死者や行方不明者を出す大惨事となった凶報を、二人は後年、耳にして絶句することになる。

さて、宿で身支度を整えた又左衛門と利兵衛は、屋号の入った贈呈品の手拭いを持って、すでに中野家と取引のある下り酒問屋を訪ね、挨拶に回った。

中野家の、半田の、引いては中国酒の評判を尋ねたところ、

「もっと値を下げないと、厳しいでしょうな」

「今は上方の酒ばかりが、もてはやされております」

一様にそう言われた。新たな下り酒問屋に売り込んでみても、はなから相手にされないか、大幅な値引きを要求され、断念した。

意気消沈した二人は、言葉少なに日本橋の魚河岸（うおがし）近くの一杯飲み屋に入った。江戸で最も活気ある場所で、中国酒がどのように飲まれているのかを調べようというわけである。

ちょうど店先に棒手振り（ぼてふり）の魚屋が来ており、その場で桶に俎板（まないた）を渡し、スズキを三枚におろしていた。

「行商人が下ごしらえまでやってくれるとは、便利なものですな」

感心しつつ暖簾をくぐり、空いた場所に席を取った。まだ昼前とあって、店は活気づいていた。

壁には刺身、なます、焼き魚、煮付け、お浸しなどの品書きが並び、『焼酎　四文』『下酒　四文』『中酒　八文』『上酒　二十文』と書かれた紙も貼ってあった。

（上酒が中酒の二倍半もするとは……）

又左衛門は、隣で飲んでいる三人連れの男たちに声をかけた。

「お尋ねしますが、あそこに貼ってある酒は、それぞれどう違うのでしょうか？」

「下酒ってぇのは、ここいらで造ってる安酒を混ぜたもんで、中酒ってぇのは、江戸の地酒の中でもまあまあ名のある酒や中国酒のことだ。で、上酒ってぇのは上方の下り酒のことよ」

吊り目の男が言うと、

「上酒の中でも、『剣菱』なんざァ頼むってぇと、水で薄めて出てきやがるがな」

鷲鼻で小太りの男が口を挟み、「違いねぇ」と三人が笑った。聞けば三人は、魚河岸の仲買人（仲卸業者）で、仕事明けには毎日、ここで飲み食いしてから帰るのだと言う。

「あなたがたは何を？」

ちろりに入った燗酒を注ぎ合うのを見て、又左衛門が尋ねた。

「こいつかい？」

ちろりを持った、色白の男が言った。

「こりゃあもちろん上酒でぃって言いてぇところだが、残念ながら、そこまで懐具合が温かくはねえ。……中酒だよ」

「と、申しますと……?」

「中国酒だ」

こたえを聞いて、又左衛門と利兵衛は顔を見合わせた。

「なぜ、江戸の地酒ではなく中国酒を?」

「そりゃあまあ、地酒よりはマシで、値段の割には旨いからよ」

「ともあれ、上方の酒は高すぎる」

「それだけ、格が違うってこった」

三人が口々に言うのを聞きながら、又左衛門は江戸での上方酒の人気ぶりを実感し、自分たちが造る中国酒との間に立ちはだかる、大きな壁を感じた。今のところ、江戸の地酒には勝っているようだが、その差はわずかだ。お上が地酒を後押ししている以上、いつ逆転されるとも知れない。

「いろいろと教えていただき、ありがとう存じます。差し支え無ければ、私どももご一緒させていただいてよろしいでしょうか? お礼に、ここの払いは私の方で持たせていただきますので、どうぞお好きな物をお召し上がりくださいませ」

又左衛門の申し出に、「ほんとか!?」と目を輝かせた三人と、早速酒盛りになった。

又左衛門が自分たちの素性を明かすと、三人もそれぞれ、吊り目の男は清二(せいじ)、鷲鼻で小太りの男は重蔵（じゅうぞう）、色白の男は音吉（おときち）、と名乗った。

又左衛門は様々な酒を注文し、三人から忌憚（きたん）のない意見を聞いて書き留めた。また、持参した粕酢を舐（な）めてもらい、感想を求めた。

「この酢はツンときつすぎなくていいんじゃねえか」

重蔵が言った。

「そうだな。……おい親父（おやじ）！　ちょいと蛸切って出してくんな。味をつけずに、そのまんまでいいから」

清二が気安く店の亭主に声をかけると、間もなくぶつ切りにした茹（ゆ）で蛸を、亭主自ら運んできた。

「景気良くやってると思ったら、いってえ何事だい？」

興味津々（きょうみしんしん）である。

「まあ見てなって」

清二が又左衛門から竹筒を受け取り、率先して蛸にかけ、回してくれた。

「旨（うめ）えじゃねえか。ほれ、親父も食ってみろ」

「この酢は……流行（はや）るんじゃねえか？」

蛸を一口食べた亭主の言葉に、気を良くした又左衛門は、

「この酢は、酒を造った時に出る、酒粕で造っておりますので、米酢の半値で出せます」

と補足した。

「そりゃあいい。江戸で売り出してくれりゃあ、是非うちでも使わせてもらいたいもんだね」

「まことでございますか！」

又左衛門は目を輝かせた。

「何としても、江戸での販路を作らねばなりませぬな」

利兵衛が耳打ちをした。

「安くて旨ぇ酢が手に入りゃあ、酒の肴(さかな)が増えるってこったな。俺たちも楽しみだぜ」

重蔵が言った。

「それによ、酢って言やぁやっぱりすしだが、何せ値が張っていけねえ」

「江戸では、すしが人気なのでございますか？」

又左衛門が尋ねると、

「そうだな。古くは、歌舞伎狂言の『義経千本桜(よしつねせんぼんざくら)』に出てくる『つるべすし』や、小分けにしたすしを一つずつ笹(ささ)で巻いた『けぬきすし』が有名だが、近頃じゃあ箱づけのすしを切って、ネタごとに屋台に並べて売るのが流行りだ」

と、清二が詳しく教えてくれた。

「なるほど、『つるべすし』に『けぬきすし』でございますね。それぞれ、お店はどこにございますか？　それと、人気のある屋台の場所もお教えくださいませ」

又左衛門が皆の前に切絵図（きりえず）を広げると、三人は頭を付き合わせた。

「『つるべすし』があるのは、日本橋通四丁目と横山町二丁目と浅草かや町で、『けぬきすし』は人形町が本店だが、神田と深川にも店がある。屋台で人気と言やぁ、堺町通元大坂町に本店がある『おまんすし』で、浅草並木町に出店（でみせ）屋台を出してるぜ」

店がある場所を指差してくれるのを、又左衛門は小筆の先を舐めながら印を入れていった。

他にも人気があるすし屋の名前と場所をいくつか聞き出し、又左衛門と利兵衛は店を後にした。


「気のいい人たちでしたな」

利兵衛が言った。菜飯田楽屋で追い出された苦い経験があるだけに、皆の親切がありがたかった。

「全く。……ところでこれから忙しくなりますぞ。江戸でこれほどすしが流行っているとは……」

予想していたこととは言え、中国酒に対する評価の厳しさはこたえたが、粕酢に関しては光明が見えた。

（酢造りにかけた、この十年の労苦が報われるかも知れない……）

二人は腹ごなしに、江戸城のお堀の周りをぐるりと散策し、人形町にあるという『けぬきすし』の本店に向かった。一つ六文の笹巻きずしを全種類、二つずつ購入して、新川の宿に持ち帰る頃には、日が暮れ始めていた。

湯屋（銭湯）に行って、江戸の入浴作法の違いに戸惑いながらも旅の垢を落とし、宿に戻ってのんびりしてから、『けぬきすし』の包みを開けた。店の売り子から、「半日ほど置いた方が、酢が馴染んで美味しゅうございますよ」と教えられていたので、いよいよ腹が減るまで我慢していたのだ。

一つずつ、鮮やかな緑の笹の葉で丁寧に巻かれた、細い筒状のすしが現れた。二人は全部のすしの笹を剝がして、中身を並べ置いた。ネタは、鯛、小肌、鰈、蒸し海老、玉子焼き、海苔巻きであった。

「いざ」と、各々、鯛をつまんで咀嚼した。

「かなり、酢が効いておりますな」

利兵衛が顔をしかめた。

「慣れれば、これも旨いと感じるものなのでしょうが……」

「酢の量といい、笹の葉で巻くことといい、最初から、日持ちさせることを目的に作られたすしなのでしょう」

又左衛門が言い、次に玉子焼きのすしを食べた。

「これはいい。玉子焼きの甘さが酢飯に合っております」

利兵衛も又左衛門に倣って玉子焼きを食べた。

「確かに。甘さが合うということは、酢飯の酢を粕酢に変えれば、もっと美味しくなるはずですな」

又左衛門はうなずき、

「このすしに粕酢が合うのは間違いなさそうですが、果たして百年の老舗が、そうそう酢を変えてくれるかどうか……」

と腕を組んだ。

「まずは、教えてもらったすしを、片っぱしから食べてみる、というのはいかがでしょう?」

利兵衛の案に又左衛門も同意した。

「ですが、よろしいのですか? 江戸見物どころでは無くなりますが……」

利兵衛はニヤリと笑い、又左衛門に燗酒を注いだ。

「なぁに。見物よりよほど面白うて。商人の血が騒ぎます」

二人は目を見合わせて杯を酌み交わした。

江戸に来て三日目の朝、又左衛門と利兵衛が宿で朝餉を済ませ、出掛ける支度をしていると、初日に一杯飲み屋で知り合った、仲買人の清二が二人を訪ねて来た。

「やれ、間に合って良かったぜ」

清二は、堺屋松五郎と名乗る、痩せぎすで彫りの深い顔立ちの男を伴っていた。泉州堺（現在の大阪府堺市）から、一ヶ月前に江戸に来たという松五郎は、

「江戸ですし屋をやりたい、思うてますんやけど、なんか他の店と違うことせんとあかんと思いまして、いろいろ試してたとこですねん。そしたらこの清二さんが、酒粕で造った酢ぅを発明しはった人を知ってる、言いはるもんで、とにかく会わせて欲しい思いまして、無理ゆうたんですわ」

と、上方言葉でまくしたてた。松五郎の気迫にひるんだ又左衛門と利兵衛だったが、

「まあ落ち着きなって。この人たちは逃げやしねえから」

清二がたしなめるのを見て、「ともあれお話を伺いましょう」と部屋に通した。松五郎は、

「ここに来る前は、堺の料理茶屋で料理人をしてましてん。太閤秀吉様の時代から、南蛮貿易で栄えた町ですから、そらあ食べるもんも、珍しいもんがぎょうさんあって、美味しゅうて。せやのにこっち来たら、なんやどれも茶色いし塩っぱいしで、がっかりしましたわ。『花のお江戸』ゆうからには、もっと華やかなもんやと思うてましたのに……」

江戸っ子の清二の前で、堂々と江戸の食べ物をけなし始めた。気を悪くしやしないかと、

二人は気が気ではなかったが、清二は松五郎の無頓着さに慣れているのか、苦笑いしながら二人にうなずきかけた。

「あない茶色い料理は作りとうないけど、かとゆうて江戸で下り醤油は高いよって、手が出ません。その点、すしは茶色うもないし、塩っぱくもない。けど、わいからしたら酸(す)っぱすぎや。わいのおった料理茶屋は、殿様も来はるような上等の店やったさかい、酢飯に砂糖を入れてましたんや。なんでも、昔はその方が異国人に喜ばれたとかで。具材も、魚や貝の他に、でんぶやささげや菊の花なんかも乗っとって、そらあ綺麗(きれい)なすしやった」

うっとりと語る松五郎の言葉に、皆は次第に引き込まれていった。

「砂糖は使えんまでも、もっと食べやすうて華やかなすしができんもんやろかと、店を開く準備をしながら、ずうっと考えてましてん。見栄(みば)え良うするには、具材を工夫したらなんとでもなる。けど旨味はどうやって出したらええやろうかと悩んでたところ、甘味も旨味もあるっちゅう酢ぅの話を聞いたんや。これぞお天道(てんとう)様のお導きに違いおまへん。どうかわいに、あんたはんの造らはった粕酢、ゆうもんを使わしてくれまへんか。わいはその酢ぅで、わいにしかでけんすしを作ってみたいんや！」

松五郎は又左衛門に向かい、ガバッと両手をついて頭を下げた。勢いに気圧(けお)されていた又左衛門だったが、やがてふっと笑みを漏らした。

「お顔をお上げください、松五郎さん。私の酢を使ってすしを作ってくださる方を、私どもも捜しておりました。むしろ、私からお願いしたいぐらいです」

又左衛門は荷物から粕酢の竹筒を取り出し、

「この粕酢で、どうか美味いすしを作ってください！」

松五郎に握らせた。

「おおきに！……おおきに旦那はん！」

松五郎は声を詰まらせながら、竹筒を押しいただいた。

この後は皆ですし談義になった。又左衛門と利兵衛は、江戸に来てから今までに食べ歩いた、それぞれのすしの感想を述べ、松五郎は二人の話を熱心に聞きつつ、清二とは、堺と江戸の湾で獲（と）れる魚介類の違いに話が及び、すしに乗せる具材について吟味し合った。

二日で粕酢のすしを完成させると約束し、松五郎と清二は宿を後にした。


二日後、松五郎と清二は風呂敷包みを携え、又左衛門たちの宿にやって来た。

「できましたか！」

又左衛門たちは期待に胸を膨らませ、二人を部屋に招き入れた。

松五郎が風呂敷を解くと、漆塗りの三段重が現れた。松五郎は厳かに、お重を一段ずつ外して横に並べた。

「ほう……」

重箱の中にはそれぞれ、酢で〆た小肌を、楕円形に丸めた酢飯に乗せて押したすし、同じく楕円形で、蒸した車海老を乗せたすし、玉子焼きで巻いた巻きずしが入っていた。

「なるほど、華やかですね」

又左衛門が興味深げに言った。

「はい。これをこないに盛り付けて……」

言って松五郎は、皿の上に小肌の押しずしを三つ並べ、その上に玉子の巻きずしを二つ重ね、さらに蒸し海老のすしを一つ乗せ、三段重ねに積み上げた。

「どうぞ、召し上がってみてください」

小肌の皮の銀色の上に玉子の黄色、車海老の赤が重なって、美しく、食欲をそそる。

「こうやって高う積んだ方が、天守閣みたいで、景気ええ感じがしますやろ。それにほら、これみんな、箸を使うても使わんでも食べられるようにしましたんや。旦那はん、こないだゆうてはったやろ？『けぬきすし』は手ぇで食べられるからええって」

松五郎が得意げに言った。

「この小肌と海老のすしの形は？　あまり見かけませんが？」

盛られたすしを様々な角度から眺めつつ、又左衛門が尋ねた。

「これでっか？　すしを切るんやのうて、丸めるっちゅうんは、餅の形から思いつきましてん。ほら、江戸の餅は、平らに伸ばしといて、要る分だけ四角う切って使うけど、上方の餅は、はじめから一個ずつ丸めときますやろ。置き場所がないから、しゃあないんかも知れませんけど、四角いと角から崩れてきよるし、『角が立つ』に繋がるよって縁起悪い、思いまして。物事はなんでも丸く収める方がええ。それにほら、この形は、小判に似せてますねん」

又左衛門と利兵衛が感心してうなずいた。すると、すでに試食を済ませているらしく、清二が、

「見栄えもいいが、何より味だ。さあ、早く食ってみねえ」

と、二人を促した。

「俺だって、腕によりをかけて、極上物のネタを仕入れたんだからよ」

「左様でございますか。では……」

又左衛門は、蒸し海老のすしを手で取り、半分ほどを嚙み切って咀嚼した。と、たちまち目を見張った。

「これは……美味い！　海老が美味いのはもちろんですが、蒸し加減といい、飯の硬さといい、何より粕酢の塩梅がいい！　上手い具合に口の中で合わさっておりますぞ！」

意気込んだ又左衛門が、残ったすしの断面をよく見ようと持ち上げたところ、酢飯がボロリとこぼれ落ちた。

「あかんあかん。わいのすしは、そこいらの押しずしよりも握りが浅いよって、そないに動かしたらこぼれてしまう。ぎゅうぎゅうに詰めた飯は、胃の腑の弱いもんには、重たいよってな。持つ時に海老を下にして食べたら、飯が落ちんで済みますわ」

「なるほど。こうやって、ひっくり返すのですな」

利兵衛が、海老のすしを一旦横にして置き直し、再び上からつかんで手首をひねり、蒸し海老側が舌に乗るようにして食べた。

「こりゃあいい」

もぐもぐと口を動かしながら、利兵衛も笑顔になった。

「早ぇとこ、玉子巻きも食ってみねえ」

清二が急かした。又左衛門と利兵衛は、同時に玉子巻きを取った。

「おや。この巻きずしも、丸ではなく、小判の形をしていますね」

「へえ。もう店の屋号も決めてますねん。『いさごすし』ゆうのはどうですやろ？」

「『いさごすし』、ですか？　それはまたどうして？」

二人は意外そうな顔をした。いさごとは、砂のことだからだ。

「砂は砂でも、砂金のことや。『砂金すし』では、あんまりあけすけやから、いさごにしたんですわ。江戸ではつつましい方が受けがええ、思いまして」

「……ったく、あれやこれやと、よく知恵が回る男だぜ」

清二が噴き出した。

「この玉子がまた、絶妙な焼き具合で」

利兵衛が夢中になってすしを頬張り始めた。

「わしが今まで食べた、どのすしよりも美味い！」

「こちらのすしも、粕酢とよく合います！」

又左衛門はすでに、三段目の小肌のすしに手をつけていた。

「当たり前や。誰が作ったと思てんねん……っちゅうのはてんごやけど、わいもこの粕酢にはびっくりですわ。この旨味といい、甘味といい、これがあれば、わいが思い描くすしが作れます」

松五郎は又左衛門の手を取り、

「旦那はん、この粕酢をわいに売ってください。初めはそないにぎょうさん仕入れられんかも知れんけど、必ず当てて見せますよって。この酢ぅで、わいはすしを、馳走（ちそう）にするんや！」

目を輝かせて訴えた。

「俺からも頼むぜ。この松五郎、口は悪いわ図々（ずうずう）しいわで、しょっぱなは仲買人連中も、誰も相手にしなかったんだが、そのうち気概にほだされちまって。こいつは、言ったことは本気でやり遂げる男だと思う。だからどうか、こいつの思いを叶えてやって……」

「もちろんです!!」

清二にみなまで言わせず、又左衛門は松五郎の手をぐっと握り返した。

「粕酢を半田から江戸に送り、必ず松五郎さんに届けるように致します。どうか、末長くご贔屓に……」

又左衛門の頭の中には、すでに粕酢の樽を積んだ弁才船が、雄々しく海を渡る様子が浮かんでいた。

この後、四人は早速、又左衛門と取引のある下り酒問屋を訪ねて、粕酢の卸を頼んだ。まずは五樽からの取引であった。

数ヶ月後、松五郎は『いさごすし』を深川六間堀に開店させた。

松五郎が考案した、小判形に握った押しずしは、味と見栄えの良さで、かけ蕎麦一杯が十六文の時代に、折詰桶詰のすしが、二、三百疋（二、三千文）、という高値にもかかわらず、よく売れ、たちまち評判を取った。

松五郎はネタの吟味に妥協がなく、その日出来上がったすしが気に入らないと、躊躇なく捨ててしまい、店を閉めた。この厳格な職人魂とこだわりがさらに人気となり、これまでは手早く気軽に楽しめる軽食的役割であったすしを、ハレの日の馳走に変えたのであった。

また、松五郎の『いさごすし』の売り上げが上がるとともに、又左衛門の粕酢の美味さも評判を呼び、取引先を着実に増やしていった。

又左衛門が造った、旨味と甘味のある粕酢を得たことで、堺屋松五郎が深川六間堀で始めた『いさごすし』は、それまでの押しずしの概念を大きく変えた。

元々は保存食として日本各地に広がり、その土地土地に根付いては様相を変え、発展し、郷土食の趣が強かった各種押しずしが、松五郎の登場によって「一生に一度は口にしてみたい」と憧れられる、大御馳走になり得る可能性を示したのだ。

値段の高さと美味しさで有名になった『いさごすし』は、屋号ではなく、〝松五郎の作ったすし〟として、また深川六間堀は〝安宅(あたか)の松〟で有名だったことから、『松がずし』、あるいは『松の鮨(すし)』と、通り名で呼ばれるようになっていった。

また一方で、米酢の三分の二程度という価格で売り出された粕酢は、米酢よりも安くて旨いことが知られるようになり、鮨屋の数を爆発的に増やす結果となった。

「やったぞ波！　粕酢の売り上げが五十両を超えた！」

知らせを受けた又左衛門は、玄関を入るなり、屋敷の隅々にまで聞こえるほどの大声を上げた。

「まことでございますか⁉」

妻の波が、雑巾を手にして現れた。

「ああ、本当だ。江戸から戻って丸五年。ようやく商売が良い方向に回り出したようだ」

二人は、顔を見合わせてうなずき合った。

三年前の文化三（一八〇六）年、米の豊作により米価が下落し、幕府は『酒造勝手令』を発布した。これは、酒の生産が完全に自由化されたことを意味する。ここぞとばかりに、人気の高い上方の酒が増産され、江戸入津量の半分以上を占めたため、知多半島の酒は売れず、価格が暴落した。

中野三家も大打撃を受けたが、そんな中で、又左衛門の粕酢は、江戸市場に着実に浸透しつつあった。

また、粕酢の販売先は江戸だけではない。手代が直接、三河や知多半島の各地を回って、一樽から数樽ずつを、地場の酒屋や食料品屋に卸す「地売り」と、又左衛門家の店頭で、近隣の人々に向けて小分け販売する「小売り」、さらに亀崎、半田、大足（現在の武豊町）の船頭に売り捌き、そこからの販売先は船頭に任せる「船頭売り」といった、地元に向けた三つの販売方法があった。船頭たちは、支入れた粕酢の多くを江戸で売り捌くため、この時点では、「船頭売り」が最も売り上げを上げていた。

だが、尾張より北西は、他の酢屋が造る米酢が占めており、又左衛門は東側の三河の地に、地道に販路を広げるしかなかった。

そういった意味では、「すしには粕酢」が定着しつつある江戸送りの方が、売り上げの伸びに期待ができた。粕酢が合うからすしが売れ、すしが売れるから鮨屋が増え、鮨屋が増えるから粕酢が売れる、という好循環の構図が出来上がりつつあったからだ。

その夜、又左衛門と波は、とめに呼び出され、本家である中野半左衛門家の門をくぐった。とめの部屋を訪ねると、ちょうど半左衛門が、母を見舞っているところであった。手ずから煎じた薬湯を持ってきたものであろうか、半左衛門は、半身を起こしたとめの唇に湯呑み(ゆのみ)の縁をあてがい、傾けている。その姿は慈愛に満ちており、何者にも侵し難い(がたい)母子の絆を感じ、又左衛門と波はしばし、二人に見惚れた。

「お加減はいかがでございますか？」

とめが薬湯を飲み終わるのを待って、又左衛門が声をかけた。齢(よわい)八十に近いとめが床についていて、もう半年になる。早くに夫と、一男三女の子供四人を亡くし、舅(しゅうと)に仕え、婿と六番目の幼子を背後から支えてきた役目から解放された安堵からか、あれだけ凛とした姿勢を崩さなかったとめが、ふた回りも痩せて小さくなった身体で、髪も結わず、背中を丸めている姿が切なく、痛々しかった。

「ようこそいらっしゃいました。このような格好で、お見苦しいことではございますが、寄る年波には勝てぬもの。ご容赦くださいませ」

言ってとめは、肩にかけていた羽織に袖を通し、頭を下げた。身体は老いても、気丈なことには変わりはない。

「今夜、あなたがたを呼んだのは、ほかでもありません。……又左衛門殿、跡取りはどうされるおつもりですか？」

静かな目で尋ねた。

「どう、と申されましても……」

又左衛門は後方に控える波を振り返った。二人の間には子ができぬまま、波にはもはや、月のものも来なくなっていた。

「粕酢の出荷が、大きく伸びていると聞きました。また、ここのところの酒の値崩れには歯止めが利かず、暖簾を下ろした酒蔵が多いとも。我らは幸い、又左衛門殿が当家の酒粕を買うてくれることで、ようやく今をしのいでいられる……うっ……ゴホッゴホッ」

咳(せ)き込むとめの背を、すぐさま半左衛門がさすった。

「よい。大事ない」

とめは又左衛門に向き直り、

「又左衛門殿に、先見の明があったは明白。半左衛門も、あなたさまを信じたことに、悔いはありませぬ」

半左衛門が力強くうなずいた。

「あなたさまが造り出した粕酢には、江戸の食の流れを変える力があります。これからも、もっと出荷を伸ばすべきです。ですからどうぞ、本家に遠慮などなさらず、養子をおもらいなさい。又左衛門家を存続し、繁栄させて、三家でこの半田の町を、守ってください」

「義兄上、是非そうなさってくださいまし。私からもお願い致します」

半左衛門が両手をついたため、又左衛門は慌てて義弟の身体を抱え起こした。

「心得ました。すぐさまそのように……」


早々に白羽の矢が立ったのは、波の実家である盛田久左衛門家の八代目当主の次男、盛田太蔵(たぞう)であった。波にとっては兄の息子で、甥(おい)にあたる。

性質は繊細で穏やか、律儀(りちぎ)なほどに真面目。

「よろしいのでございますか？　赤子の頃から太蔵を見ておりますが、いつも兄にいじめられ、やり返しもできずに泣いていたような子で……。勉学が得意で、外で遊ぶより本を読んだり、絵を描いたりするのが好きで、優しい子には違いありませんが、跡を取るには、いささか頼りないかと……」

盛田家を訪れた帰り道、波が心配顔で又左衛門に訴えたが、又左衛門は、鷹揚に言った。

「なあに。家を興すのなら野心も必要だが、存続させるには人当たりが良く、真面目が一番。わしは太蔵を養子にして、酢方を任せようと考えておる」

「酢方を？」

酢は夫の生き甲斐ではなかったのかと、波は目を見張った。

「ああ、そうだ。太蔵には『酢屋勘次郎』を名乗らせようと思う。当面はわしが酒方と酢方の両方を見るが、いずれは太蔵に任せ、酒方に専念するのだ」

「それで、よろしいのでございますか？」

又左衛門の顔を見上げた途端、突風が吹き、波がよろめいた。又左衛門は素早く妻の身体を支えた。

「まだ、足りぬか？」

「えっ……？」

又左衛門は、波の肩を抱いたまま、まっすぐな目で妻を見下ろしていた。

「お前から見て、わしはまだ、何かを成し遂げてはいないだろうか？」

「あ……」

忘れていたわけではなかったが、己の言葉が、夫の使命感を強く煽っていたことに、波は改めて気づいた。

『旦那様は、必ずや何かを成すべきお方。……どうか私に、あなたさまを支えさせてくださいませ』

嫁にゆかず、又左衛門をひたすら待っていた理由を、波はそう告げたのだ。

「わしはお前に、子を授けてやれなかった。せめて余生はお前と二人、夫婦水入らずでのんびり暮らしたいと思っている。身体が動くうちにな」

波は、又左衛門の腕をぎゅっと摑んだ。

「いえ……、十分でございます。旦那様は粕酢を発明し、世に広められました。これは十分、後世に残る功績になることでございましょう。……あなたさまをお待ちしていて、本当に良かった……。私の人生に、一片の悔いもございません」

「………」

「……ご大儀さまに……ございました」

我知らず、波の目から涙が溢れた。又左衛門は妻の身体を力一杯抱きしめていた。

又左衛門の宣言通り、文化八（一八一一）年、二十一歳の盛田太蔵は又左衛門家に養子に入り、酢屋勘次郎を名乗ることとなった。この件については、あらかじめ一族に伺いを立てたところ、誰一人反対する者はなく、粕酢にかける皆の期待のほどが知れた。

酢蔵も新たに創設し、本格的に粕酢造りを開始。同年には粕酢の売り上げが百両を超えた。

「義母上、初孫にございます」

宮参りの帰り、又左衛門は生後一ヶ月の赤子を抱いて、とめの部屋を訪れた。波と、赤子の両親である勘次郎、岩（いわ）夫妻を伴っている。

とめは横臥（おうが）したまま、又左衛門に顔を向けた。

「可愛（かわい）いのう。名は何と？」

背骨を痛め、起き上がることもままならなくなった病床で、それでもとめの意識はしっかりしていた。

「はっ、と申します。次は男の子を、と望んでおります」

又左衛門としては、若夫婦を庇う意味で、言われる前に先を読んだつもりであった。だがとめは、

「大事ない。たとえ男児が生まれずとも、又左衛門殿のような、優れた男を婿に取れば良い」

と微笑んだ。場がホッと和み、勘次郎と岩は畳の上で、そっと指先を重ねた。

「褒めすぎですぞ、義母上」

又左衛門は照れ隠しに言った。

「酢屋はどうです？」

とめの問いに、勘次郎が進み出て、

「おかげさまで、江戸の醤油酢問屋の森田半兵衛（はんべえ）殿との取引がうまく運び、売り上げを伸ばしております」

背筋をピンと伸ばし、生真面目に答えた。

「又左衛門家も、これで安泰じゃ」

とめは満足げにうなずいた。

その年の十一月、とめは眠るように息を引き取った。享年八十。一族郎党に見守られての、大往生であった。


文化十三（一八一六）年、六十一歳を迎えた又左衛門は、酢屋勘次郎に二代・中野又左衛門の家督を譲り、自身は増倉屋三六に戻り、『八ヵ条の言置（いいおき）』を二代目に託して隠居した。

一、神仏を大切に信心せよ
一、先祖代々の年忌は怠りなく勤めよ
一、火の元は特に気を付け、醸造倉の釜や工場は必ず見て回るようにせよ
一、他人や召使いに対しては無慈悲なことはけっしてしてはならぬ
一、夫婦はむつまじくせよ
一、半六家、本家（半左衛門家）をおろそかにしないように
一、親喜左衛門（小栗）家の相続はなんとか血縁を求めてもらいたい
一、自分と家内が生存中は年々二季大晦日（おおみそか）に金七両二分宛（あて）小遣（こづか）いとして渡してもらいたい

第三章

二代・中野又左衛門

――太蔵――

風に舞う落ち葉のごとく、弁才船はなすすべもなく、荒れ狂う海面を滑っていた。

「うわあぁっ！」

大波がうねりを上げて迫って来た。

「縄を摑め！　腹に巻きつけるんじゃ！」

船頭の平六が怒鳴った。水主（船乗り）たちは嵐の中、浮上と落下を繰り返す船に翻弄されながら、懸命に縄をたぐり寄せた。身体に巻きつけ、弁才船の柱や手すりにしがみつく。

その途端、滝のような波が彼らに襲いかかった。

「楫が折れたぞ！　早う帆柱を切れ！　積み荷を捨てろ！」

大波がはけると、水主たちは凍える手で帆柱に鋸を入れ、積み荷を覆う網を切った。

往路で酒や酢を江戸に運んだ弁才船は、復路には解体した空樽の他に、干しいわし、〆粕、大豆、船足を安定させるための重い伊豆石などを積んでいる。楫が利かぬ今、座礁だけは避けねばならない。

「石を先に捨てるんじゃあ！」

皆は一丸となって、漆黒の海に伊豆石を落とし始めた。

（船が浮いていてくれさえすれば……！）

命だけでもと望みをかけ、鬼の形相で作業に励んだ。

冬の遠州灘が荒れるのは、珍しいことではない。そのため平六は、長津呂の湊で日和山に登り、十二分に風を読み、出航を決めたのであったが……。

「淦入（浸水）じゃあ！」

水主たちの絶叫が、波に呑み込まれた。

文政二（一八一九）年十二月二十二日の夜、中野又左衛門家の手船である富士吉丸が遭難した。二代・又左衛門の元にこの知らせが届いたのは、事故から三日後のことであった。取るものも取り敢えず、水主たちの漂着先に駆けつけた又左衛門は、彼らを見て愕然とした。

（なんということだ……）

生き残った水主は、わずかに二名――。大破した船の木片に掴まり、浮いていたところを、通りかかった漁船に助けられたのだという。

平六をはじめ、遠くは紀州熊野から雇い入れた水主をも含む七名もの人間が、富士吉丸と共に海の藻屑と消えた。

算盤を弾く男の手が止まった。

「金銭の損失だけでも、三百六十両を超えます」

五年前に酢方に雇い入れた、手代の角四郎がしわがれた声で言った。妻の岩の親類で、二十九歳の又左衛門より、ひと回り以上も年上の熟練者であった。すでに隠居を決めていた初代が、商才に長けた角四郎の噂を耳にし、二代目の手助けになればと、他店から引き抜いて来たのである。

「そうですか……」

又左衛門は大きなため息をついた。江戸送りの粕酢の売り上げは順調に伸びているとはいえ、三百六十両の損失に加えて、死者への見舞金、弁才船の新造費用を考えると、痛手などという言葉では済まず、絶望的な気分になってくる。

「旦那様」

声をかけられ、角四郎を見返った。

「神仏は、耐えられぬ試練は与えませぬぞ」

角四郎は生真面目な顔で、又左衛門を諭した。

「あ……あ、そうですね」

又左衛門は淡く微笑み、重い足取りで立ち上がった。生き残った二人の水主は、漂着先での取り調べの只中であったが、亡骸のない、七人の葬儀を勤め上げねばならなかった。

中野本家と半六家、実家である盛田家の助けを得て、富士吉丸遭難時の借財返済の目処を立てた又左衛門は、粕酢の増産を見越し、水道普請に着手した。

西端共同井戸までの往復にかかる時間と手間を省くため、隣に自前の井戸を掘り、醸造場まで四町分（約四百五十メートル）の木樋（水道管）を通したのである。

総工費約三十両の大工事で、これにより良質の水がいつでも使えるようになったのだが、又左衛門が借財を抱えつつも、この工事に踏み切ったのには、もう一つの理由があった。

西端共同井戸から醸造場までの道のりは、天秤棒を使って運んで来る途中でこぼした水によって、常にぬかるんでいた。ぬかるみに足を取られる村民が後を絶たず、馬車や大八車は、轍の高低差に難儀し、村民との接触事故が多発していた。

水道を引くことによって、又左衛門はこの問題をも解決しようと試みたのだ。実際に、商人や職人が多く住み、盛り場として賑わっていたこの地では、道の整備がたいそう感謝された。

（情けは人の為ならず、とはよく言ったものだ）

莫大な損失を受けた己が周囲に助けられたように、助けられる時は助けるべきなのだ、と学んだ。それが〝恩送り〟というもので、かけた恩は、いずれ自分に返ってくる。助け合うことで、物事は、互いにうまく運ぶに違いない。

ところが、この考えが大きく揺るがされる事件が起きた。文政四（一八二一）年の四月、突然、岡崎城下への粕酢の販売が、亀崎村の醸造家・酢屋長五郎の専売となり、又左衛門家の出入りが禁じられたのだ。

「義父上！　これをどう思われますか？」

岡崎藩からの御触書を受け取った又左衛門は、妻の岩と角四郎を連れ、初代が隠居する家を訪れ、珍しく声を荒げた。

「何故、義父上が発明した粕酢の販路を、他家に取られねばならないのです？　理不尽にもほどがあります！」

「全くでございますよ」

岩も同調した。

数年前から、隣村の長五郎が、又左衛門家を真似て粕酢を造り始め、岡崎城下に粕酢を積み入れるようになった。

これを知った初代は、又左衛門家の粕酢の供給が追いつかぬこともあって、

「粕酢が知多半島の名産品となり、日本国中に広まれば、それはとても良いことではないか」

鷹揚に黙認した。不安顔の又左衛門に、

「よいか。益を独り占めしてはやっかみを買う。妬心ほど、厄介なものはないからのう……」

遠い目をして言ったのだ。

又左衛門もこの言葉に納得し、また長五郎も販路を広げるのみで、又左衛門家の商域には立ち入ってこなかったために、後塵を拝することへのわきまえがあるものだと甘く見ていた。

直接そう話し合ったわけではないが、同志でもあるような気がしていたのだが……。

「確かに、お前が怒るのも無理はないな……」

御触書に目を通し終えた初代は、茶釜の湯が沸いたのを確かめ、薄茶を点て始めた。

「悠長に、茶など点てている場合ではありません。地売りで最も売り上げを上げている岡崎藩への出入りが差し止められれば、粕酢が販売できないばかりか、売掛金の回収もままならず、原料の酒粕を購入することもできません。このままでは、店が潰れてしまいます！」

「落ち着きなさい！」

隣で聞いていた波が、義子であると共に、甥でもある又左衛門を叱った。

「まずはなぜ、このようなことになったのです？」

「長五郎は、岡崎城下での粕酢の専売を狙い、町年寄に冥加金を贈ったのでございます」

「卑怯な……」

正義感の強い波が、眉を吊り上げた。

「仕掛けたのが長五郎殿とは限りませんぞ」

四人はハッと座敷の入り口側を見た。二代目夫妻に追従して来ていた、角四郎であった。

「私は、町年寄の方々のやり口を、よう知っております。おそらく、仕掛けたのは岡崎藩の方で、長五郎殿はそそのかされたのでは？」

「……あり得ますな」

初代が腕組みをした。

「で、ありますならば、話はそう難しくはありますまい。冥加金には、冥加金で対抗すればよろしいかと」

「ですがそれでは、今度は長五郎が黙っておらぬでしょう。お武家様に踊らされて、冥加金合戦をさせられる我ら商人は、よい迷惑だ！」

又左衛門が気炎を吐いた。

「驚きました。お前がそのように気丈だとは」

波が口元に袖を当てて笑った。

「義母上！　茶化さないでくださいませ」

「では、一度で済むよう、味方をつけようではないか」

初代が言った。

「味方、とは？」

「おるではないか。岡崎藩に物申せる、『尾張藩勝手方御用達』のお墨付きを持つ家柄の、優秀な甥御殿が」

　初代が愉しげに言い、

「ほんに。左様でございますね」

　波が訳知り顔でうなずいた。


間を措かずして『乍恐奉願上候（恐れながら願い上げ奉り候）』で始まる手紙が、尾州知多郡半田村の中野半六から、三州岡崎連尺町の町年寄御衆中宛に届けられた。

　概要はこうである。

『私（半六）の別家・中野又左衛門家は、数年にわたって粕酢を造って販売し、岡崎城下にて長年商売させていただいておりますことを、ありがたく思っております。ところがこの度の、酢の販売の一切を差し止めるとのお達しには納得がゆきかね、はなはだ迷惑至極に思い、恐れ多くも一言申し上げたいと存じます。

　又左衛門は数年間、御領内で酢を販売しておりますので、売掛金もかなり残っている上に、突然販売を禁じられては、仕込んでおいた粕酢の売り先がなくなり、身代に関わり、ひどく心配しております。御触書が出て間もない時期に恐縮でございますが、御上のご慈悲を以て、これまで通り販売をお許しいただきますようお願い申し上げます。長五郎が御冥加の金額を定め、その額を差し上げたことは承知しております。長五郎と同額の御冥加を出すようおっしゃっていただければ、これからは同額を差し上げますので、条件を同じにしていただければ大変ありがたいことでございます。この願いをお聞き届けくだされば、又左衛門だけでなく、私、半六においても、ありがたき幸せに存じます』

徳川御三家の一つである尾張藩と岡崎藩では、格も石高も雲泥の差がある。その尾張藩のお墨付きを持っている商人からの申し出を、岡崎藩の町年寄たちは無下にするわけにはゆかず、たちまちこの要求を呑んだ。

又左衛門家と長五郎家の岡崎城下での取引を『半々積み入れ』、つまり冥加金を同額支払った分、五分五分の取引を許可したのである。

「友吉。おかげで助かったよ」

「叔父さんの頼みとあれば、お安い御用ですよ」

料亭の座敷で、二代・中野又左衛門は、中野半六家に養子に入った友吉をもてなしていた。

二代目にとって友吉は、実家である盛田久左衛門家を継いだ兄の息子で、甥に当たる。

まだ二十歳にも満たない若者だが、半六家は、初代と親しかった恵比寿顔の三代目が亡くなってから、跡を継いだ四代目、五代目の息子二人が早逝し、養子に取った六代目にも子ができず、盛田家の友吉が後継者となったのだ。

友吉は、子供の頃から神童の誉れ高く、「道憲」と号して名古屋に遊学し、尾張藩の儒学者、秦滄浪（はたそうろう）の門下で経学を学んだ。同門生には藩政に関わる友人も多く、顔が利いた。そこで彼らに根回しした上で、六代目である義父に、『中野半六』名義で手紙を出して欲しいと頼んでくれたのである。

「富士吉丸遭難の折は、私はまだ無力で何の助けにもならず、歯噛（はが）みする思いでございましたが、この度はお役に立てて良かった」

幼い友吉に学問を教えたのは、太蔵こと二代・又左衛門である。友吉は心底、この優しい叔父を慕っていた。

「私も阿呆（あほう）だな。義父上に言われるまで、お前がこれほど頼りになるということを、忘れていたよ」

又左衛門は友吉の盃（さかずき）に酒を注ぐと、何かを決意したかのように、音を立てて酒器を膳に置いた。キッと友吉の目を見据えると、

「……いや、正直に言おう。お前のことは、とっくに頭に浮かんでいた。……ただ、甥っ子に頼らねば窮地を切り抜けられぬのかと、私が狭量（きょうりょう）ゆえに、頼めなかったに過ぎぬ。……すまなかった」

又左衛門が頭を下げた。友吉は酒器を取り上げ、又左衛門の盃に注いだ。

「頭をお上げください。……私はこれからも、叔父上と共に一族を守り立ててゆきたい。いずれ、私が叔父上に助けられることもあるでしょう。互いに助け合ってゆきましょうぞ」

又左衛門はフッと肩の力を抜いた。

「お前と水入らずで酒を酌み交わすなど……。あの頃はこんな日が来るとは考えもしなかったが、お互い、重責のある立場に就いたものだ」

この日二人は、心ゆくまで酒を飲み明かした。

ところが、酢屋長五郎は思いの外しぶとかった。長五郎もまた、亀崎村の有力者を味方につけ、あくまで岡崎城下での販売の独占権を得ようと、尾張藩の地方役場にあたる鳴海陣屋に、直訴を返したのである。

「厚かましいにもほどがあります！」

仲介役を頼んだ義父の半六から事情を聞き、又左衛門に伝えに来た友吉は、憤慨して続けた。

「これまでの割合を考えれば、半々積み入れでも上出来のはず！」

長五郎が何もことを起こさねば、又左衛門家の積み入れ量はゆうに半数を超えていた。だが出入り禁止になっては、売掛金の回収と、原料である酒粕の購入がままならなくなるため、積み入れの減量については、不承不承受け入れたのだ。にもかかわらず……。

若い友吉にとっては、当事者であるなしにかかわらず、このような理不尽極まりない仕打ちが許しがたかった。

「それで、半六殿は何と？」

又左衛門にとっても、腹立たしさは変わりないが、友吉が激昂（げきこう）している分、己は冷静であらねばと努めた。

「鳴海陣屋では、藩同士の揉（も）め事になるのを避けるため、鳴海村で庄屋（しょうや）を営む松崎嘉十郎（かじゅうろう）殿に仲裁を頼まれたとか。義父は『松崎殿の差配に任せよう』と、ことの割には落ち着いたものでございました。……叔父上、ここはもう一度、先代に相談をすべきでは？」

しばらく考えた後、又左衛門は首を横に振った。

「……いや。これ以上、隠居した義父上をわずらわせたくはない。それに、半六殿がそのように判断されたのであれば、私に異論はない」

又左衛門は、友吉をなだめるように続けた。

「長五郎殿が諦めきれぬのも無理はない。積み入れ量が増えたとはいえ、冥加金の額に鑑（かんが）みれば、何もしない方が良かった点では、我らと変わりはないのだから」

「叔父上は人が良すぎます。単に、往生際（おうじょうぎわ）が悪いだけのことではありませんか」

「まあそう怒るな。今回の一件で得をしたのは、連尺町の町年寄衆中のみ。岡崎城下の発展に役立てようとされたのだろうが、方々が恐れられているのは、この度のことが鳴海陣屋内では抑えきれず、尾張藩の上役を通じて、ご老中やお殿様の耳にまで入ることだ」

友吉が大きくうなずき、又左衛門は重ねて言った。

「……だとすれば、長五郎殿の要求は却下されるに違いない。もしも認められて、再び積み入れ禁止などと言われれば、さすがに我らも黙ってはいない。半六殿が鷹揚に構えておられるのは、松崎殿が穏便にことを収められることを、見越しているからだろう」

「では叔父上も、黙って見ていろと？」

「そうだ。たとえ半々でも、積み入れが許されたのであれば、あとはお客様次第だ。我らはただ、良い品物を造り、きちんと納めることを心がけていれば良い」

「そううまく運びますか？」

「ここから先は、二代目当主としての、私の力量が試される時だ。私は義父上のような発明家でもなければ、半六殿や、盛田家を継いだ兄のように、肝が据わっているわけでもない。お前もいずれ跡を継げばわかると思うが、養子である我らには、何としても家を存続させねばという使命がある。そのために縁組みされたのだからな。繁栄させて然るべきで、そうでなければ盛田家の名にも泥を塗ることになる」

「はい」

「私にできる精一杯は、先代の教えを守り、誠実に、商いを繋ぐことだけだ」

「先代の教えとは？」

「人を大事にし、世間様を味方につけよ。決して妬み嫉みを買ってはならない、と……」

それから程なくして、岡崎城下で揉め事が多発した。

半々積み入れの権利を振りかざし、長五郎家のお店者たちが、又左衛門家の取引先に、度々ちょっかいをかけてきたのである。だが、どちらの粕酢を購入するかは、買う側の自由であるため、又左衛門家と取引のあった問屋は、長五郎家の粕酢に鞍替えしようとはしなかった。

元々又左衛門家は江戸での取引があることで、品質の面でも、資金力の面でも信用があった上に、この度の騒動が問屋連中に知れ渡っていたため、皆、又左衛門家に肩入れしたのである。

つまり長五郎家は、せっかく粕酢の積み入れ量を増やしたにもかかわらず、売れ残るという事態に陥り、かなりの値下げを余儀なくされた。冥加金の支払いに加え、売り上げも伸びず、その苛立ちを又左衛門家の人間にぶつけてきたのだ。

「お触れ通りに、うちに半分譲れや！」

数人がかりで旅籠屋の店先に立ち塞がり、又左衛門家の粕酢の納品の邪魔をした。

「私どもは、積み入れの総量を守っております。その上で、ご注文いただいた粕酢を納めさせていただいているだけのことでございます」

又左衛門家の手代が毅然と応じると、

「なにおぅ！」

長五郎家のお店者が、手代の胸倉を摑んで詰め寄った。

又左衛門は手代たちに、『礼儀正しく言葉を尽くし、何を言われても挑発に乗るな』と厳命してあった。『たとえ言いがかりをつけられても、一切手出しをしてはならない』とも。

結果、長五郎家の人間が又左衛門家の人間に難癖をつけ、見物人たちが面白がって囃し立てる、という事態が各所で勃発したのだ。


「いかがでございました？」

又左衛門と友吉は、はやる気持ちを抑えきれず、半六家の屋敷前で、主人の帰りを待ち構えていた。

鳴海村の庄屋・松崎嘉十郎の取り持ちにより、再度話し合いが持たれ、六代・中野半六が松崎家の屋敷に呼び出されたのであった。

半六は二人の問いには答えず、無言で屋敷の門をくぐった。又左衛門と友吉は顔を見合わせ、半六の後をついて歩いた。

屋敷に入ると半六は、そのまま二階に上がった。八畳ほどの座敷に入り、床の間を背にして座った。

又左衛門と友吉は、半六に向き合う形で腰を下ろした。二人が恐る恐る、むっつり顔の半六の様子を窺(うかが)っていると、半六はにわかに相好(そうごう)を崩し、両手を広げて二人の肩を引き寄せた。

「うまく運びました、又左衛門殿。長五郎殿は売り上げが振るわず、販売を願い下げてきましたぞ」

「まことでございますか!?」

又左衛門の表情がほころんだ。

「うむ。これで粕酢の積み入れは全て、又左衛門殿のものじゃ。長五郎殿には十五両の尻抱金(しりかかえきん)(手仕舞(てじま)い金)と、五百樽(たる)の売掛金を支払い、今後岡崎城下には、粕酢一樽に付き銀三分の運上金を支払えばよいことになった。長五郎殿が店を畳むに当たっては、空樽は全てうちで買い取ることにした」

「お咎(とが)めは?」

友吉が聞いた。

「一切無しじゃ。お店者に手出しをさせなかったのが良かった。松崎殿は完全に我らの味方であった」

「叔父上!」

友吉は喜色満面(きしょくまんめん)で叔父を見、又左衛門は力強くうなずいた。『災い転じて福となす』の例え通り、酢屋長五郎からの理不尽な横槍(よこやり)に勝利した結果、又左衛門家は、対岸の碧海(へきかい)郡五十七ヶ村と西尾藩を含む、西三河のほとんどの販路を確立したのである。
ここからの五年間は、二代目が己の生涯を振り返った時、最も幸せだった時期かも知れない。

文政八（一八二五）年には粕酢の売り上げが千両を超え、翌・文政九（一八二六）年には待望の長男・傳之助が誕生した。全てが順風満帆に思えたが、この時を頂点に、状況が一変した。

まずは産後の肥立ちが悪いまま、床についていた岩が、傳之助を生んだ翌年に亡くなった。妻を失った衝撃も覚めやらぬうちに、さらに翌・文政十一（一八二八）年、偉大な義父・初代又左衛門がこの世を去った。

何の前触れもなく、前日まで元気にしていたものが、波が朝起きて隣を見ると、すでに息をしていなかったという。

人々は「大往生だ」「病に苦しまずに逝けたのは羨ましい」と口々に慰めたが、心構えのなかった又左衛門の喪失感は深かった。

心から敬愛していた義父であった。まめに隠居宅を訪れ、店の状況や子供の成長を報告し、うなずいてくれるだけで自分に自信が持てた。義母であり、叔母でもある波との夫婦仲は殊の外良く、常にお互いを尊重し、いたわり合っていた。

自分たちの老後も、あのような夫婦でありたいと話していた岩も、すでにこの世にはいない。周りに人が大勢いて、忙しくしている時はまだしも、ふと寄り合いの帰り道などで一人になった時、涙が溢れて止まらなくなった。何がこんなに悲しいのか、理由もわからずワーワーと、子供のように声を上げて泣いた。星の瞬きだけが、自分を見守ってくれている気がした。

「義母上」

又左衛門は子供たちを連れて、度々波の家に通った。初代を亡くした喪失感は自分以上だと思ったたし、波が子供たちの子守をしてくれるのは、正直ありがたかった。

「大丈夫ですか？」

縁側に腰掛け、空を見上げている波が、そのまま遠くへ行ってしまいそうな気がして、思わず声をかけた。

「何がです？」

波が微笑みながら振り返った。乳飲み子の傳之助を又左衛門から受け取ると、すぐさまあやし始めた。

十六歳になった娘のはつは、波と又左衛門の間に慎ましく座った。波によく懐いており、料理やお針を教えてもらうのを楽しみにしている。

「私はまだ、全く気持ちが整わなくて……」

「失った哀しみの深さは私も同じです。けれどそれは、あの人がいなければ自分は何もできないという甘えだと思っています。先代も岩さんも、この世での役目を終えて、先に向こうに行って待っているだけですよ。あなたも岩さんに会いたければ、この世での務めをしっかりと果たしなさい」

「はい……」

「それに、こちらの声は、きっと向こうに届いています。返事は聞こえなくても、語りかけていれば慰めになります。それでも耐えられないというのなら、あなたの哀しみは私が背負ってあげます。私には哀しみに暮れる時間が、たっぷりとありますから……」

波の言葉に気を取り直したのも束の間、さらに同年、本家の六代・中野半左衛門が重い病にかかり、五十七歳で死去した。初代の最初の妻・くのの弟であり、後見人となって育てた、七三郎である。

又左衛門と半六が、江戸・名古屋・三河と販路を広げる半面、半左衛門は地元である半田村の発展に尽力した、尊敬すべき人物であった。

中野三家の面々は、立て続けの葬儀に不吉な予兆を感じつつも、本家の当主が突然抜けた穴を埋めねばならず、慌ただしさの中に不安を紛らわせていった。

唯一の希望は、新造の富士宮丸為吉船が完成したことであった。中野三家と為吉が合同で出資した真新しい弁才船が、大量の酒と粕酢の樽を積んで、江戸に向けて出航した。

『全ての厄災を、この地から運び去ってくれますように……』

人々は願い、船出を見送った。

ところが、である。

富士宮丸為吉船は、わずか数回、半田と江戸を往復しただけで、遠州灘で大破した。この時の損害は、十年前に沈没した富士吉丸平六船の被害額を大きく超え、五百両にも及んだ。

又左衛門は徹底的に打ちのめされた。前回の海難の際には、「神仏は耐えられぬ試練は与えない」と、四年前に引退した角四郎が励ましてくれたが、さすがに、ここまでやらなくても良いではないかと、神仏を恨むほどであった。

『尤も才（妻）死去、親父死去に富士宮丸新造難船に合い、三ヶ年何となく気分六ヶ敷故、改これなく候』

と帳簿に書き記すほどに、妻の岩が亡くなった文政十（一八二七）年から、富士宮丸為吉船の大破までの三年間、又左衛門は帳簿改めができぬほどに気落ちしていたのである。

「初釜でございますか？」

「ええ、是非ご一緒に。一人だと何かと不安なものですから」

波は、目尻に深い皺を寄せて微笑んだ。白髪も、急に増えたように思える。

「あなたも、好きな茶の湯に触れれば、気が晴れるかも知れませんよ」

「確かに、茶の湯は好きですが……」

茶の湯だけではない。又左衛門は漢詩、川柳、書画にも通じ、家督を譲られて以降、趣味と付き合いを兼ねて、名古屋で行われた十返舎一九の句会に参加したこともある。

だが又左衛門は、華やかな席に出ることに気乗りがしなかった。妻と義父を立て続けに亡くし、新造したばかりの弁才船が大破し、大打撃を受けた後である。いくら年が改まったからといって、到底、新年を祝う気にはなれない。

だが、「一人だと不安」と言われては、断るわけにはいかない。義母になる前は、血の繋がった叔母（実父の妹）でもあった波は、又左衛門家の二代目にと、太蔵を推してくれた恩人でもある。

昔から、波は面倒見がよく、快活な女性であった。太蔵の実の父である八代・盛田久左衛門は当時、波が二十歳を過ぎても嫁にいかぬことに頭を痛めていた。とうの立った妹が、いつまでも実家にいては外聞が悪いというのだ。

だが波は、「お父様が小栗家と約束を交わし、『小栗三六はいずれ大人物になる』と人相見でも予言したのでございますから、ご遺志を尊重せねば」と、兄たちの進言など何処吹く風と、己の意思を貫いた。初代・中野又左衛門が妻を亡くし、再婚する気になるまで、十年以上も待ち続けたのだ。

子宝には恵まれなかったものの、その分、波は『夫を支えることこそ己の使命』と、初代一筋に愛情を注ぎ続けた。それはもう、はたから見ていても天晴れ(あっぱ)なほどで、波は必ず、初代より早く起きて身支度を済ませ、決して先に休むことがなかった。

初代も岩も存命の折、又左衛門が岩と二人で、初代の屋敷を訪ねた日のことだ。

秋風の心地よい季節で、皆で紅葉を見ながら、縁側でお茶をいただいていると、挿花(そうか)用にと、庭の木花を切っている波を見た初代が、

「この間、ふと気づいたんだが……。わしはこれまで一度も、あれの素顔も寝顔も見たことがないのだが、これは尋常なことなのだろうか？」

と聞いた。

「一度も、でございますか？」

岩が目を丸くして尋ね、初代がうなずいた。

「それはすごいことです、義父上様。義母上様は眠っている時でさえ、常に義父上様に気を配られている、ということでございますから。私など、朝は旦那様より早く起きるよう心がけてはいても、旦那様が時折早朝に目覚められても、気づかずに眠っておりますし、夜、会

合などに出られて遅い時などは、先に休ませていただいております」

「名誉のために申しておきますが、岩は決して怠け者などではございません。義母上が働きすぎなのでございます」

又左衛門が口を挟んだ。

「いかんな、それは。わしはすでに隠居しておるのだから、波にはもっとのんびりしてもらわねば」

初代が顔をしかめた。と、波がすっと近づいて来て、

「今更素顔をお見せするなど、嫌でございます」

ボソリと言った。

「聞こえておったのか」

「旦那様も、ずいぶん耳が遠くなられたようでございますね。あんなに大声で話されたら、嫌でも聞こえてしまいます。それに、岩殿はよいのです、まだお若いのだから。私など、三十路(みそじ)で嫁ぎましたから、少しでもよく見せようと……」

「何をおっしゃいます。小鈴谷(こすがや)村の小町娘と謳(うた)われた義母上が」

又左衛門が言い、岩がうなずいた。

「素顔も、十分お綺麗(きれい)でございますよ」

「いけません！　そんなことをおっしゃっては……」

波が止めに入ったが、

「では、わしが死ぬ前に一度、お前の素顔を見せてくれ」

時すでに遅く、初代が大真面目な顔で言った。

「……ほら、こうなるから嫌なのです」

又左衛門と岩は、頭を下げつつ、目を合わせて笑った。

（義母上は義父上に、素顔を見せてあげられたのだろうか……？）

波は、又左衛門や周囲の人間に対しては気丈に振る舞っていたが、長女のはつには、こっそりと心の内を打ち明けていた。

はつから伝え聞いた話によると、初代が亡くなる前日、波が「膝が痛い」と言うので、初代が腕がいいと評判の鍼医を呼んでくれたのだそうだ。

「膝が炎症を起こしておりますゆえ、あまり動かさないように、養生なさってください」

医者から言われ、

「今日はゆっくりしていなさい。わしももう休むから」

初代が波を気遣った。

「お夕食はよろしいのですか？」

波が申し訳なさそうに言うと、

「いや、いいんだ。今日は朝から、あまり食欲がなくてね」

胸の辺りを押さえ、早々に床を敷いた。

明け六ツ（午前六時頃）の頃、いつものように目覚めた波は、体を横に向け、隣の布団で眠っている初代の横顔を見た。

（こんなに無防備な夫の顔を知っているのは、私だけかも知れない……）

隣に夫がいるだけで、幸福感に包まれる。なんの夢を見ているのだろうと、穏やかな横顔を眺めていると、何かがおかしいことに気づいた。

（まさか……）

波は慌てて起き上がり、初代の頬に触れた。

（大丈夫、温かい……）

次に、初代の鼻先に耳を近づけた。――が、無音だった。頬に鼻息が触れる気配もない。

「……うそ……」

血の気が引いた。

そこから先の波は、うろたえるあまり記憶が曖昧で、夫の体を揺さぶりながら、

「あなた！　旦那様！」

何度も叫んだところで記憶は途絶えている。異変に気づいて駆けつけた下女が、慌てて医者を呼びに行ってくれたようだ。

「亡くなったのは四半刻（約三十分）ほど前で、すでに手遅れだったかと……」

「眠っている間に、苦しまずに逝かれたようです」

「えろう突然に……驚きました」

「惜しい人を亡くされましたな。……まあ、気落ちせんように」

など、医者や周りから言われた言葉を、断片的に覚えている程度だった。

映像はもっとぼんやりしており、医者が脈を取るため、布団から夫の手を探り寄せた時に、爪が紫色をしていたことだけを鮮明に覚えているという。

波が正気に戻ったのは、大勢の人々が参列した葬儀が終わり、夜、一人になった時だった。見渡せば、屋敷の隅々に、夫との思い出が染み付いている。

（もう、会えない……）

そう思った途端、堤防が決壊したかのように、ブワリと涙が膨れ上がり、溢れ出た。腹を立てたこともあったはずなのに、思い出すのはいい思い出ばかりだった。

こんなにも突然、自分の全てを賭けた人を取り上げられるとは思ってもみなかった。七十をとうに過ぎているのだから、いつ亡くなってもおかしくない年齢ではあったが、少しは、何かの兆候があるものだと思っていた。

死に目に立ち会い、夫から別れの言葉をかけてもらい、自分からも、『旦那様をお待ちしていた甲斐がありました。おかげさまで、一点の曇りもなく、いい人生だったと胸を張ることができます』と言わせて欲しかった。隣で寝ていたのに、気づけなかったなんて……！

「寂しいわね……」

はつに話し終えると波は涙ぐみ、声を震わせたのだそうだ。

不幸中の幸いというべきか、これほどのことが起こりながら、江戸売りの粕酢の売り上げは、鰻登り(うなぎのぼ)りだった。又左衛門は、哀しみを忙しさに紛らわせて働き、疲れ切って何も考えずに眠る、という日々を過ごしていた。

有り余る時間を持て余している波は、二六時中、故人との思い出に浸っているはずだ。そんな波の誘いを、断れるわけがない。

文政十三（一八三〇）年一月半ば、又左衛門と波は初釜に列席するため、尾州名古屋に向かった。

尾張藩は、織田信長が茶の湯を重んじたことに起因し、続く豊臣秀吉と徳川家康もこれに倣(なら)ったため、名古屋城下では茶の湯が盛んであった。熱中が過ぎて、藩から度々禁止令が出されたほどである。流派も多様で、裕福な町人が入門したり、市井(しせい)の人々が、茶会や野点(のだて)などで茶の文化に触れたりする機会も少なくはなかった。

二人が訪れたのは、古くからある流派の宗家であった。自然の野山に見えるよう、よく手入れされた木々の向こうに、ひっそりと建っている静謐な茶室が見えた。

「初釜と聞いて、一門が揃う、もっと盛大な茶会を想像しておりました」

又左衛門が言った。この茶室の規模なら、客人は多くて五、六人程度かと思われた。

「今日の初釜はご当代ではなく、先代が内輪だけで行う小さな会なのです。本来の初釜は、一昨日に行われました」

「左様でございましたか」

又左衛門はホッとしてこたえた。仰々しい会は荷が重い。

寄付に入って足袋などを履き替えていると、僧侶が女性二人を伴って現れた。波は顔見知りらしく、新年の挨拶を交わした後、三人を又左衛門に紹介してくれた。

「こちら、正賢寺のご住職と奥様、お嬢様のとうさんです」

朗らかな顔立ちの三人だった。特に母娘はよく似ており、笑うとえくぼができるところもそっくりだった。ちょうどおかめのお面の、目を丸くした感じである。決して美人ではないが、一緒にいるだけで福をもたらしてくれそうだ。

合図の銅鑼が鳴り、皆は寄付を出て外腰掛に向かった。

二尺二寸（約六十六センチメートル）四方の狭いにじり口を一人ずつ潜って、茶室に入る。このにじり口は千利休が考案したもので、皆一様に腰をかがめ、頭を下げなければ茶室に入れないため、「茶室の中では身分の分け隔てがない」ということと、潜り終えて顔を上げた瞬間、床の間の軸と花がパッと目に入り、五感で空間を感じられるということ、そして武器を持ち込みにくい、という三つの意味があった。

住職が正客を波に譲ったため、波、又左衛門、住職、奥方、とうの順に茶室に入った。

「どうぞ」

茶室では、末客であるとうが手伝いを買って出て、菓子や茶を皆に運んでくれた。柔らかでそつのない身のこなしに、又左衛門はとうが、かなり茶の湯に精通した熟練者でありながら、それを微塵もひけらかさない慎ましさに好感を持った。

十日ほどして、又左衛門が波の屋敷を訪れた。

「義母上は正賢寺の住職と、どうやって知り合われたのでございますか？」

いつものように縁側に並んで腰掛け、又左衛門が尋ねた。波は、杖に両手を預けていた。いよいよ膝が悪いらしい。

「気になりますか、お嬢さんのことが？」

「そんな、私は……」

「よいのですよ、気にしてくださった方が。そのためにお引き合わせしたのですから」

「やはり……」

「気づいていましたか」

「内輪だけの茶会と言われれば、さすがに……」

「とうさんなら、はつとも気が合うでしょうし、傳之助を安心して任せられると思いますよ……」

穏やかに話す波を見つめながら又左衛門は、波が又左衛門の後添えを決めたがるのは、早々に初代の元へ逝ってしまうからではないかと、不安に駆られた。

桜の盛りの三月初旬、又左衛門は、娘のはつと息子の傳之助、秋に祝言(しゅうげん)が決まった許嫁(いいなずけ)のとうたちを連れて、義母の波の屋敷を訪れた。

「義母上、花見に参りませんか?」

「けれど、私はもう足が……」

膝の痛みが酷(ひど)いらしく、数日前から波は、立つこともままならない。

「ご心配なく。これこの通り、準備して参りました」

又左衛門が体をずらすと、その向こうに駕籠(かご)かきが待っていた。

「あれに……乗って行くのですか？」

「もちろん。たまには孝行息子らしいことを、させてください」

又左衛門が波を促すと、

「お祖母様、参りましょう」

はつが言い、はつに手を引かれた五歳の傳之助が大きくうなずいた。とうは一歩下がった場所で、弁当の重箱を提げて微笑んでいる。


駕籠に乗った波と共に、又左衛門たちは高台に上って行った。

「着きましたよ、お祖母様！」

傳之助が一足早く駆け上がり、眼下を指差した。又左衛門は波を駕籠から下ろし、大きな石の上に座らせた。

「ああ……！　生きている間に、もう一度こんな景色が見られるとは……」

波は感激して涙ぐんだ。半田の村と湊が一望の下に見渡せ、何隻もの船が海上を行き来しているのが見える。

「江戸の森田半兵衛殿から、嬉しい便りをいただきました。両国の華屋與兵衛が、いよいよ元町に店を構えたそうでございます。連日大繁盛しているようで、握り鮨の店がこれからますます増えるだろうから、粕酢の仕入れを増やしたい、と……」

「まあ……」

波は嬉しそうに笑った。初代を手伝い、十年の歳月をかけて完成させ、広めてきた粕酢が、飛躍的に売り上げを伸ばし続けている。どこまで伸びるのか、見当もつかないほどの勢いである。

（あなた……。私たちの子が、大きく巣立ちましたよ……）

江戸に下る船を見ながら、波は胸の内で初代に呼びかけた。粕酢には我が子も同然の思い入れがあった。

「度々その名を耳にしますが、華屋與兵衛とは、いったいどのような人物なのでございますか？」

はつが尋ねた。

「私も、知りとう存じます」

とうも聞いた。とうは中野家に嫁いでくれれば、お内儀として又左衛門を支えてゆく身であり、また、はつは、弟の傳之助がまだ幼いため、いずれ婿養子を取ることは必然だと思っている。それぞれに、又左衛門家の商売の状況を把握しておかねば、という使命感があった。

又左衛門は頼もしげにうなずくと、江戸の醤油酢問屋、森田半兵衛からの書簡で知った、華屋與兵衛という男について、語り始めた。

「與兵衛は日本橋の霊岸島に生まれ、幼い頃に蔵前の札差に奉公に上がったのだそうだ。かなりの洒落者で、給金を貯めるよりも、身の回りの品を上物で揃えることに注ぎ込み、二十歳で奉公を終えた時には、ほとんど蓄えがなかったと……」

「まあ……」

はつが非難の声を上げた。半田生まれの人間にしてみれば、『宵越しの銭は持たない』という江戸っ子気質は、理解しがたいものがあった。

「そう眉をしかめるものではない。今の與兵衛の成功を鑑みるに、単に派手好きな男というわけではなく、これも與兵衛なりの処世術であったのではないかと、わしは思う」

「処世術とは？」

「慎ましさを美徳とする我らと違い、生き馬の目を抜く江戸において、人より目立つ行いをすることは、時に必要なことなのだろう。特に札差を訪れる客は、それなりに身分が高い者が多い。『奉公人ごときが贅沢な』と不快に感じる者もいれば、粋な趣味を喜ぶ客もいるに違いない。そういう客に贔屓になってもらえば、独り立ちした時の助けになることもある。つまり與兵衛は、金子ではなく、人という財産を作ることに、熱心な男だったのではないだろうか」

「……先見の明があったというわけでございますね」

はつが言い、又左衛門がうなずいた。

「あくまでわしの憶測ではあるがな。……その後、私が二代目を継いだ翌々年ぐらいから、即席でできる江戸前鮨を売り歩くようになったのだそうだ」

「江戸前鮨というものは、それまでのおすしと何が違うのでございますか？」

とうも、興味津々で又左衛門の話に聞き入っている。

「それまで主流であった大坂ずしは、魚の脂を抜いて握った飯に乗せ、箱に並べて蓋をした上に重石を置いて、食べ頃になるまでに二刻（約四時間）ほど待たねばならなかった。その分、日持ちもしたのだが、與兵衛はこれを良しとしなかった」

「それのどこがいけないのでございますか？　私どもが普段いただいている箱ずしも、そのようなものでございますが……」

とうが重ねて聞いた。とうが住む名古屋は、半田に比べて随分開けてはいるが、江戸前鮨というものは聞いたことがなかった。

「江戸前鮨というのは、江戸前で獲れた新鮮な魚を、脂を抜かずに酢〆や醬油漬けにし、その切り身を握った酢飯に乗せたものだ。作ってすぐに食べられるゆえ、『早漬けずし』とも言う」

「それでは、すぐに傷んでしまいませんか？」

とうが重ねて尋ね、又左衛門はその通り、とうなずいた。

「そこに、與兵衛の工夫があったのだ。実は、江戸前鮨を始めたのは與兵衛ではない。その前にすでに何軒か、せっかちな江戸の人々に合わせて、早漬けずしの店を始めていたのだが、どこもうまくゆかなかったらしい。だが與兵衛は仕入れと仕込みにこだわり、手間をかけ、昼に仕込んだすしを、夜になると岡持ちに入れて、盛り場で夜明け近くまで売り歩いたそうだ」

「どういうことでございますか？」

「常ならばすしは、朝獲れの魚を魚河岸で仕入れ、日のあるうちに売り切る。早漬けずしなどは食当たりを恐れるため、特にそうだ。だが與兵衛は上等なネタを昼に仕込んで夜売ったため、競争相手の少ない、夜に食べられる贅沢な江戸前鮨となった。また、売り先を盛り場にしたのも妙案だった。札差での奉公で、客がどこで財布の紐を緩めるかをよく見ていたのだろう。與兵衛の鮨は大いに売れ、五年ほど前だろうか、両国元町で屋台を始め、連日行列ができているという……」

又左衛門は話しながら、そのことを初代に伝えた時の、初代と波の喜びようを思い返していた。

初代が江戸に旅した時、堺屋松五郎と知り合い、持参していた粕酢を提供した。粕酢に惚れ込んだ松五郎は、味を追求した高級鮨を売り出し、これが当たって『いさごすし』は大評判となった。

粕酢によって、多くの鮨職人がすしを探求し、鮨文化が広がり、極められ、大衆に求められてゆくことに、初代は大きな手応えを感じていたのだ。

「さらに與兵衛は、魚の臭み消しと、食あたりを防ぐために、ネタと酢飯の間に、山葵を仕込むことを考え出した。これが驚くほど鮨に合った、というわけだ」

その與兵衛が、屋台のあった場所にいよいよ『與兵衛鮨』を開店させたというのだから、繁盛ぶりが知れようというものである。

「一度、その評判の鮨を、いただいてみたいものでございますね」

はつが言い、とうがうなずいた。

この後、古くからある『笹巻けぬきすし』と、堺屋松五郎の『いさごすし』、そして『與兵衛鮨』は江戸三鮨と称され、森田半兵衛の問屋を通じて、三軒共に又左衛門家の主要な取引先となってゆくのである。

波は、皆の話を心地よく耳にしながら、海から吹き上げる風に身を委ねていた。

秋を迎え、大安吉日を選んで、又左衛門ととうの婚儀が行われた。この時が、波が公の場に顔を出した最後の時となった。

波は歩けなくなってからというもの、様々な病を併発し、苦しんでいた。幾度か危篤の知らせが入り、その度に又左衛門は家族を連れて屋敷に駆けつけたところ、なんとか持ち直してくれていた。

いよいよ危ないとなったのは、とうを後添えにもらった一年後のことであった。

「義母上、しっかりなさってください」

深夜に駆けつけた又左衛門は、波の手を両手で握り締め、涙ながらに言った。

「ごめんなさいね……なかなか逝けなくて……」

虫の息の波が、又左衛門に言った。

「何をおっしゃるのです！　どうかもっと、……一刻でも長く生きてください……！」

又左衛門は本心からそう願った。大事な人を、これ以上失いたくはなかった。

「……私のこの世でのお役目は、とっくに終わっていますよ……。あなたととうさんの婚姻を、見届けた時に……」

又左衛門が目配せし、とうが枕元に進み出た。

「義母上様、良い御縁をありがとうございました」

「……悔いはないですか……？」

「はい。とても大事にしていただいております」

「……又左衛門殿は？」

「はい。とうは一見おっとりしているようですが、その実、とてもよく気のつく人で、いろいろなことがいつの間にか解決していた、といった次第で、まるで忍術を見ているような気が致します。傳之助もよく懐いておりますし、またとない良縁でございました」

二人の言葉に、波は満足げにうなずいた。とうが下がり、はつと傳之助が進み出た。

「……はつ。おまえの花嫁姿が見られないのが、唯一の心残りですが……婆はもう疲れました。あの世から見届けることに致します。又左衛門家を頼みましたよ。……幸せに、おなりなさい」

はつは、言葉もなく泣き崩れた。

「お祖母様……」

傳之助は指をしゃぶりながら、不安げに呼びかけた。

「しゃんとしなさい、みっともない。……いいですか。おまえのお父様はとても立派な方です。お父様の言うことをよく聞くように。わかりましたね?」

「……はい」

傳之助の返事を聞くと、波はほうっと息を吐き、仰向けになった。

「……遅すぎたぐらいですよ、お迎えが来るのが」

目を閉じたまま、言った。

「初代が亡くなってから、私はいつ死んでもいいと思って生きてきました。……早くあの人に会いたいと。……けれど、孫が可愛かったのと、お前のことがまだ心配で……。……太蔵や。逝く身になってわかることですが、逝く方は、寿命を受け入れているから、案外さっぱりしたものなのです。身体中に巣食う病から解放されると思うと、むしろ痛みから逃れて、早く楽になりたいと……。私自身がこの世との別れを望んでいるのですから、少しも悲しむことはありませんよ……」

波は、今際(いまわ)の際(きわ)とは思えないほど、軽やかに話した。死が怖くないなどと、本当にそんなことがあるのだろうかと、皆は胸の内に疑念を抱いた。

突如、風も入らぬ部屋で行灯(あんどん)の光が瞬(また)いたかと思うと、

「……あなた！　やっと……迎えに来てくださったのね……」

波が痩せて皺だらけになった両手を天に向けた。見えぬ相手に手を引かれるがごとく半身を浮かせると、何かがスルリと抜け出たように、身体がパタリと落ちた。

「ご臨終でございます」

波の脈を取り、医者が言った。

一同はポカンと顔を見合わせた。あまりにも不可思議な、奇術のような幕切れであった。

「本当に……お祖父様がお迎えに……？」

つぶやくように、はつが言った。

「皆様には何か見えましたか？」

好奇心を抑えきれず、医者が聞いた。

「いえ、何も……」

又左衛門が答え、波の亡骸をまじまじと見つめた。

「義母上……。あなたという人は……」

波の放った言葉の数々は、全て『私が死んでも悲しむな』という一点に絞られている。初代に突然先立たれた時、哀しみに暮れる辛い日々を過ごしてきた人だけに、自分と同じ思いを皆にさせたくはなかったのだろう。

波の最期は、尽きる寸前の命を賭けた大芝居だったのかも知れない。だが又左衛門は、本当に初代が迎えに来てくれたのであればいいと、切に願った。

『逝く方は、案外さっぱりしたもの』とは、現世での使命をやり尽くしたから言える言葉なのだろう。

波の死によって又左衛門は、生きている限り、躊躇することなく生き抜こうと、己の人生に悔いを残してはならないと、固く決意した。

（私も、死ぬ時はそうでありたい……）

波が他界した翌年の天保三（一八三二）年、二代・中野又左衛門の長女・はつの元に、九代・盛田久左衛門の五男・小七が婿入りした。はつ二十歳、小七二十五歳。

小七は、又左衛門が岡崎城下で酢屋長五郎と販路を競った際、協力を頼んだ友吉の弟である。神童の誉れ高く、学術に優れた次兄の友吉とは対照的に、五男の小七は負けん気が強く、向上心のある若者だった。又左衛門がまだ実家の盛田家で暮らしていた頃、小七はよく叔父に懐いており、又左衛門の二代目襲名披露の宴にも同席している。この縁組みにより、中野家と盛田家の結束がさらに深まることとなった。

祝言が済んだ数日後、又左衛門と後妻のとう、小七とはつ夫妻は、供の者を連れて名古屋に向かった。又左衛門家の後継者が決まった報告と、商売繁盛祈願を兼ねて、熱田神宮に詣（もう）でるためである。

とうとはつはそれぞれ駕籠に乗り、男三人は徒歩で、馬に荷物を積んでの旅路であったが、わざわざ半日がかりで名古屋へ行くのには、もう一つ大きな目的があった。

数年前から末広町（すえひろちょう）で開業し、評判になっている江戸前鮨を、粕酢の蔵元としては、是非一度食してみたいと考えたからである。皆で江戸に行くのは難しいが、名古屋までなら、一泊もすれば無理なく帰って来ることができる。

早朝に半田村を発（た）ったものの、熱田神宮に参って末広町の『江戸や三すし』に着いたのは、早（はや）八ツ刻（午後三時頃）を過ぎていた。

「これは……」

又左衛門一行は目を見張った。

「凄（すさ）まじい繁盛ぶりでございますね」

小七が言った。熱田神宮と名古屋城下を結ぶ大通り沿いにある店は、大須観音が近いこともあって、大変な賑わいであった。

　評判の江戸前鮨を買い求める客が、店の左手前に設えてある屋台の前に列をなしており、連れの客たちは、店の平間に座って鮨が買えるのを待っている。平間の右手の壁にある棚には大小様々な桶が並べられており、奥には板場があって、鉢巻き姿で黒い腹掛けをつけた屈強な男たちが、素早い手際で次々と鮨を握ってゆく姿を目にすることができた。そのさまが珍しく、平間がまるで見物席のごとく、人々が詰め寄せていたのだ。

　店先で、満面の笑顔で客をさばいている、茶羽織姿に赤い鉢巻きと襷掛けをした小男がいたので、又左衛門は供の者に命じて声をかけさせた。

『江戸や三すし』は又左衛門家の粕酢の取引先でもあるため、あらかじめ店の亭主に文を送り、この日の来訪を知らせてある。

　すると男はすぐさま鉢巻きを取り、真顔になって、又左衛門一行に丁寧に頭を下げた。

「ようこそはるばるお越しくださいました。この店の主人、富五郎でございます。ささ、どうぞ……」

　板場の脇を通って店の奥に入ると、一目で粋筋とわかる女将が出迎え、一行は店の奥座敷に案内された。

「江戸にいらした頃から、森田半兵衛殿を通じて、当家の粕酢をお使いくださっていたと聞きました。贔屓にしていただき、ありがとう存じます」

又左衛門が両手をつき、一同がこれに倣った。

「もったいのうございます。江戸では屋台を出していたに過ぎませんし、今は森田様の口利きで、こうして直に粕酢を卸していただき、助かっております」

「なぜまた、名古屋で江戸前鮨を始めようと？」

又左衛門が尋ねた。

「それは、ここにいる女房の口利きがあったからでございます。女房は以前、柳橋で芸者をしておりました。華屋與兵衛殿が、岡持ちで江戸前鮨を売り始めた当初は、まだ半玉の見習いでございましたが、お客様の付き合いで、何度かその鮨を食べたことがあったと……」

「與兵衛鮨の興りをご存じなのでございますか!?　是非詳しくお聞かせくださいませ」

又左衛門たちは嬉々として女将を見た。富五郎が促し、女将が膝を前に進めた。誰もおくびにも出さなかったが、丸顔で童顔の小男と、すらりと背が高く、垢抜けた美人女将は、随分と不釣り合いな夫婦に見えた。

「ご承知かと存じますが、それまであった握り鮨は、握った酢飯にネタを乗せ、蓋をした時に鮨がくっつかないよう、一つずつ、笹や柿の葉に巻かれておりました。折詰を開けても、葉が見えるだけで中身はわかりません。その点與兵衛さんの鮨は、早漬けの握り鮨で、岡持ちの蓋を引き上げると、握ったまんまの鮮やかな鮨が、色とりどりに高く積み上げてあって、それは綺麗なものでござんした。お客様は岡持ちの中から、それぞれ好きなネタを選ぶ楽しみがあり、またどこよりもいいネタを使っていて、美味しゅうござんした」

女将は歯切れよく、ポンポンと話した。

「やがてそれが当たって、與兵衛さんが行商を辞めて屋台に鞍替えした頃、富五郎は、私がいた柳橋の置屋の近くで、大坂ずしの屋台を出しておりました。贔屓にしていたものでござんすから『與兵衛さんを見習って、江戸前鮨に変えた方がいい』と言いました。江戸前鮨は作るのに時間がかかりませんから、仕入れと仕事が良けりゃァ屋台は流行るし、よっぽど利がいいってもんでござんしょ？」

富五郎はよほど女将に惚れているのだろう。言葉遣いがぞんざいになってゆくのをたしなめもせず、嬉しそうにウンウンとうなずいている。

「この人はすぐに、なけなしの銭をはたいて、與兵衛さんの鮨を一通り買って食べたのだそうでございます。で、屋台を畳んで與兵衛鮨の下働きに入り、仕込みを覚えると再び柳橋に戻ってきて、今度は江戸前鮨の屋台を出したんでござんすよ。手始めに私んところに、自分が握った與兵衛仕込みの鮨を持ってきてくれて……。これで商売がうまくいったら、夫婦になってくれって……。びっくりしましたよ、そりゃあ。当時、私は売れっ妓でしたから、たかだか鮨職人が、何を血迷って……と思いはしましたが、考えてみりゃあ、これだけ素直でまっすぐで、私を大事にしてくれそうな人は他にいないんじゃないかとほだされましてね。

条件を三つ、つけたんでござんすよ」

「その、条件とは？」

はつが聞き、とうも我知らず身を乗り出していた。男性陣は正直なところ、のろけとも取れる女将の自慢話に食傷気味であったが、女性陣はこのような話が好物であるらしい。

「一つは屋台を流行らせて五十両貯めること。もう一つは貯まった金子を持って、私の生まれ故郷の名古屋で、江戸前鮨の店を出すこと。三つ目は、名古屋に行っても芸事を続けさせてくれること。私は今も、長唄の師匠をしております」

「ああ、それで……」

はつととうが微笑んだ。

「私は名古屋の両親や兄弟に、この人の握った鮨を食べさせてあげたかったんですよ。それくらい、この人が持ってきてくれた鮨は美味しかった。特に、普段與兵衛鮨では出さないけれどと、特別に握ってくれた鯛のお鮨が……」

富五郎がうなずき、

「今では当店の名物なのでございます。熱田の魚河岸には、日間賀島や篠島で獲れた、活きのいい鯛が上がります。さらに名古屋では、昔から押しずしのネタに鯛を使っておりましたので、馴染みがございました。ところが江戸の人たちにとっては、鯛は美しい色と姿のまま塩焼きで食べるもので、刺身で食べることも滅多にないのでございます」

女房の後を引き継いで続けた。

「與兵衛殿は日夜、様々な鮨ネタを工夫されておりましたが、鯛の鮨などは売れ筋ではないため、あらかじめ注文がないと作られません。また逆に、お客様がこうして欲しいとおっしゃることには、応える手間を惜しまれませんでした。鮨に山葵を挟む工夫もそうでございますし、おぼろの鮨も、ある食道楽のお客様から『これまでにない乙な鮨を食べさせてくれ』と言われて、新たに生み出されたものでございます」

又左衛門が聞いた。

「一言で言うと、與兵衛殿とはどのような人物なのでございますか？」

「何事にも興味を持って挑み、一人でやり遂げることのできる方……と申しましょうか。私などは女房がいてこそ一人前で、鮨を握る姿を通りから見えるようにしたのも、黒い腹掛けに鉢巻きという揃いの衣装も、大男に鮨を握らせるのも、全て女房が、どうすれば客寄せができるかを考えてくれたからでございます」

女房自慢に話が戻ったところで、

「お待ち遠さまでございました」

晴れ着姿の若い娘が、桶に並べた鮨を持ってきた。数種類のネタを乗せた、握り飯のような大きさの鮨が、一貫ずつ規則正しく並んでいる。待ちに待った江戸前鮨に、又左衛門一行は目を輝かせた。

「娘の、ともでございます」

鮨に気を取られていた又左衛門は、ともを見上げて驚いた。母親似のともは、ハッとするほど美しかったのである。

「これはまた。さぞや自慢のお嬢様でございましょうな」

ともは、皿を取り分ける仕草にも品があった。

「本日は中野家の皆様がいらっしゃるということでございましたので、控えさせておりました。藤間流（ふじまりゅう）を習わせておりますゆえ、お食事の後にでも、女房の三味線と娘の踊りを是非、ご覧くださいませ」

「ありがとう存じます。楽しみに拝見致します」

「ではどうぞ。江戸前鮨は箸（はし）を使わず、直接手で取っていただきます。足りなければ代わりをお持ちしますので、お好きなネタをお召し上がりください」

まずは皆、名物である鯛の鮨を取った。粕酢によって薄茶色に染まった酢飯に、酢〆（すじめ）した真っ白な鯛の身と、熱湯をかけて鮮やかな赤色を引き出した、鹿（か）の子模様の皮目が美しい。

鮨を一口食べて、咀嚼（そしゃく）した瞬間、一同は目を見張った。甘味とコクのある酢飯と、鯛の脂と風味が相まって、えも言われぬ旨味（うまみ）を生み出していた。

「これは……絶品ですな」

又左衛門のつぶやきに、富五郎たちはホッと胸を撫（な）で下ろした。

「気に入っていただけて何よりでございました。ささ、他のネタも、どうぞ」

鮨は他にも、酢洗いした貝、煮付けた穴子と蛤、醤油漬けにした鮪、茹でた車海老、ちぎった焼き海苔を酢飯に混ぜて、厚焼き玉子や烏賊で巻いた太巻き、〆鯖など、皆はそれぞれに好みのネタを食べ、

「海苔を混ぜた酢飯とは、気が利いておりますね」

「穴子がとろけるようでございます」

「この具の新鮮なこと」

など、口々に感想を述べた。

「流行るのも当然、大変美味しゅうございました」

又左衛門が礼を言うと、

「身に余るお言葉をありがとう存じます。ですがうちをはじめ、今日の江戸前鮨があるのは、中野様の粕酢があってこそでございます。粕酢に出逢って、鮨職人たちは皆、これで旨い鮨が作れると心を踊らせました。與兵衛殿も常々『これまで転々と仕事を変えては来たけれど、米酢しかない時代であったなら、自分は鮨屋を始めようと思わなかっただろう』と……」

富五郎がしみじみと言った。多分に世辞が混じっているのだろうと思いつつも、又左衛門の胸は熱くなった。

母娘の見事な踊りと三味線を堪能し、店を辞して宿に着いた時には、とっぷりと日が暮れていた。素泊まりで頼んであったので、一同は早速風呂に入り、床についたが、皆、そわそわして寝付けない。

「やはり、今夜のうちにいただいてしまいましょうか」

とうが又左衛門に声をかけ、それを合図に皆が起き出して来た。

『江戸や三すし』で、與兵衛の逸話には出てきたものの、鮨桶の中に見当たらなかったおぼろの鮨について、又左衛門が富五郎に尋ねたところ、「手間がかかるので、普段は作っていないのですが……」と、踊りを観ている間に職人に作らせ、持たせてくれたのだ。

「明日の朝にでもお召し上がりくださいませ」

そう言われたものの、どのような鮨かが気になっていた。夕食の時間が早かっただけに、ちょうど小腹も空いている。小七が素早く行灯を灯し、皆はその周りに集まって、鮨折を開けた。

中に入っていたのは、海苔で巻いた細巻きであった。又左衛門がつまんでみると、中に桃茶色をした粒が詰まっている。

「叩いた海老を、炒り煮したものだと話していたが……」

そのまま口に入れ、細巻きの中ほどに軽く歯を立てると、パリッと海苔が切れた。甘辛い味付けのそぼろが、粕酢によく馴染んでいる。

「なるほど。乙な味とはこういうことか」

又左衛門が言い、折が皆の間を回った。

「これは……酒の肴にもなりそうな」

小七がつぶやき、

「甘味があって、ご飯が少ないので、おやつにもいただけますね」

はつがはしゃぐように言った。皆で夜更けに夜食を食べている、という状況だけでも女性にとっては珍しく、なにやら秘密めいた後ろめたさも手伝って、気分が高揚する。

「鮨とは……面白いものだな……」

鮨に無限の可能性を感じ、又左衛門の魂が震えた。


「小七っ、これは一体どういうことだ!?」

又左衛門の怒号が飛んだ。三代目を継ぐべく、盛田家から婿養子に入った小七は、目の前に叩きつけられた書状を、恐る恐る手に取った。

読み進むうち、小七の顔色が蒼白になった。書面には、この度納められた中野家の粕酢が劣化しており、販売に値しないと書かれていた。至急代替品を送るように、と。

差出人は森田半兵衛。江戸での粕酢販売の大半を担っている、醤油酢問屋の主人である。

「これは……」

書状を握る小七の手が震え、両脇がじっとりと濡(ぬ)れて来るのを感じた。

「私が昨年、半田村の庄屋を任された際、『重責に応えねばならぬゆえ、酢方の仕事をおまえに任せて良いか』と聞いた。おまえは承知したのではなかったのか？」

「申し訳ございません！　ですがこのところの出荷量の増大により、樽の品質を逐一改め切れていない状況でございまして……」

「言い訳はいい。検品がおろそかになるぐらいなら、無理な注文は断るべきだ」

「けれど、注文を断るのも、信用を失うことになりませんか？」

小七はおずおずと申し出た。

「たわけ者！」

又左衛門が一喝した。

「品質を落として信用を失うのは、愚か者の所業だ！　儲(もう)けに走ったせいだと嘲笑(あざわら)われるのだぞ」

「たとえ検品がしっかりとなされたとしても、天候いかんによっては、劣化も止(や)むを得(え)ないかと……」

小七はムッとして言い返した。

「誰に物を言っている？　そんなことはわかっている。諸々(もろもろ)の事情によって、品質が落ちるのは仕方ない。だが何があろうと、当家に越度(おちど)（落度）があってはならんのだ。その甘えがほころびとなり、零落(れいらく)の元となるのがわからんのか？」

小七は拳を握り締めた。

「私を失望させるな、小七。……もういい。早く代替品の手配を」

「はい……」

（義父上は変わられた……）

座敷を後にしながら、小七は思った。二代目は義父でもあるが、小七の実父の弟、つまり叔父でもある。

二代・中野又左衛門こと旧名・盛田太蔵が中野家に養子に入ったのは、小七が四つの時のこと。気性が強く、積極的で大胆な頭領息子の父と違い、叔父は真面目で穏やかで、面倒見の良い人であった。

叔父が二代目を継いでからの、数々の受難のことは聞いている。優しいだけでは商売はできないし、家も守れない。そのことは理解できるのだが……。

小七は、盛田家の後継者として大切に育てられた長男・英親(ひでちか)と、中野半六家に養子に入った次男・友吉(ともきち)、三男・太助(たすけ)、四男・信貞(のぶさだ)の後に続く五男坊であった。下にまだ命棋(めいき)という弟がいるが、六人兄弟の下っ端(したっぱ)ゆえ、己の行く末には不安を抱いていた。

よって叔父が自分を、従兄妹のはつの婿にと乞うてくれた時には、粉骨砕身、この家のために尽くそうと心に誓った。また事実、庄屋の責務に追われる義父に代わって、できる限りの力を注いできたつもりである。

粕酢の出荷についても、義父が常々、「初代はいつも『江戸の町が中野家の粕酢で埋められれば……』と語っていた」と話してくれていたので、その願いを叶えるべく、生産量を増やすことに尽力した結果である。森田半兵衛の怒りを買ったのは確かに痛手だが、もう少し労をねぎらってくれてもよいのではないか……。

一方又左衛門は、自分と小七が叔父・甥の関係であり、義理の親子とはいえ、十七しか歳が違わないことに、甘えを生じさせてはならないと己を律していた。

九代目を継いで忙しくなった兄に代わって、読み書きを教えてやっていたせいか、子供の頃の小七は自分によく懐いていた。

太蔵が二代・中野又左衛門を襲名する際も、当時九歳だった小七は、叔父の晴れ姿を見ようと、兄について披露目の席に顔を出してくれていた。その際、初代に会ったことが、今の縁に繋がっていることを、小七は知らない。

小七と話した後、初代は、「あの子は、おまえにないものを持っている。わしが値踏みしたことに気づいて、睨み返してきおったぞ。あの子を上手く育てて手元に置けば、いずれおまえの助けになるはずだ」と、頼もしそうに言ったのだ。

自分になくて、小七にあるもの――。それは反骨精神だ。兄たちに負けじと躍起になってきた結果、身につけたものだろう。

小七が、自分の助けになろうと、懸命に頑張ってくれていることはよくわかっている。だが、小七が守るべきは義父ではなく、中野家なのだ。次期当主としての自覚を持ってもらうためには、感謝の言葉や褒め言葉は不要だ。それらは小七を勘違いさせ、助長させるだけなのだから。

(とは言え……)

粕酢の品質向上は、また別の問題だ。出荷量を抑えてでも、粕酢の品質を安定させなければならないことと、もう一つ課題があった。

粕酢はもはや、各地の蔵元が手がけている。ゆえに、酢屋長五郎と岡崎藩の販路を取り合うような事件が起きたのだ。先駆者である中野家の商品が依然強いが、今のままでは、いずれ他家に販路を奪われるかも知れない。ここに来て、森田半兵衛が苦言を呈(てい)してきたのは、長年取引のある中野家の行く末を、案じてくれてのことだ。

初代の思いを叶えるためにも、他家の追随を許さない、極上の粕酢を新たに開発しなくてはならない。

又左衛門は考え抜いた末に、酢方を酒方から分離することに決めた。本家である中野半左衛門家から分家した当初から、又左衛門家は酒蔵である。粕酢が当たり、今や酒の出荷量を遥(はる)かに上回ってはいるが、それでも依然、酒蔵であることに変わりなく、酒蔵が粕酢も作っている、という体裁を保っていた。

ここで思い切って酒方と酢方を分け、酢方の経営を小七に完全に任せてしまえば、小七にも当主の自覚が生まれるのではないか——。

かくして天保九（一八三八）年、又左衛門家の酢方は分業化され、又左衛門は新たな粕酢造りに専念することとなった。

後日、又左衛門は酢蔵を訪れていた。

「皆に尋ねたい。私はこれより、他家を圧倒する極上の粕酢を造りたいと考えている。そのためには何をどうすれば良いか、忌憚(きたん)なく、皆の考えを述べて欲しい」

蔵人(くらびと)たちを一堂に集め、又左衛門は言った。

蔵人たちは面食らって、顔を見合わせた。当主がたまに見回りに来て、蔵人たちをねぎらうことはあっても、新たな商品作りに関与することなど初めてである。

「そりゃあまあ、質のええ酒粕だけを集めて、そいつで粕酢を仕込みゃあ、ええ粕酢はできるだろうけんども」

蔵人を代表して、頭がこたえた。

「なるほど。他には？」

又左衛門が、自ら帳面を広げて頭の意見を書き込み始めたので、皆は物珍しげに身を乗り出した。

「酒にも古酒があるだに、粕酢も寝かしておきゃあ、旨くなるんでねえか」

別の蔵人が言った。

「けんど、寝かしちょく間に、腐らしちまうかも知んねえで」

「危なっかしいこった」

皆が笑った。

「待ってくれ。実際に、寝かせた粕酢はここにあるのか？」

又左衛門が聞いた。

「あるわけねえですだ。そいでのうても、注文が追いつかんぐれえだに」

頭が言った。と、

「古い粕酢はねえけんども、古い酒粕なら取ってあるだ」

後ろの方から声が飛んだ。又左衛門は、声のした方角に顔を向けた。

「これですだに」

酒粕の貯蔵庫の片隅に、菰を被せたままの古い桶がいくつか置いてあった。年数にもバラつきがあるように見える。

「粕酢は足りんくても、仕込み用の酒粕が余る時があるだに、こうして取ってありますだ」

頭が言った。

「何のために？」

又左衛門が聞いた。

「何のってそりゃあ、岡崎のこともあるに、この先いつ、酒粕が足りんくなる時があるかも知んねえ。古い酒粕でも、混ぜりゃあちっとは足しんなるで」

「そうだに。酒粕を捨てるなんぞ、とんでもねえに」

「酒が飛びゃあ、畑の肥やしにできるでね」

蔵人たちは口々に語った。

「見せてくれ」

又左衛門が静かに言い、皆が黙り込んだ。頭が合図すると、一人の蔵人が、一番手前の桶の菰を外しにかかった。

「一つではなく、全部だ」

全ての桶の蓋が外された。

桶の中には異臭を放つものもあり、覗き込むと、酒粕が黴だらけになっていたり、溶けてドロドロになっているものもあった。

だが、保存状態が良好で、本来は薄茶色の酒粕が、味噌に似た濃い茶色に変じているものもあった。

「あああっ」

蔵人たちが止めるのも聞かず、又左衛門は変色した酒粕を、ちぎって食べた。

「……これだ！」

又左衛門が大声を上げた。一夏を越え、程良い酒の香りが残るいつもの酒粕とは違い、数年寝かせた酒粕は、まろやかな芳香をも感じる。

「この余った酒粕で、年ごとに分けて粕酢を作ってみようと思う。桶ごとに、少量ずつだ」

「へい……」

皆はしぶしぶ返事をした。それでなくても粕酢の出荷量が増え、寝る間も惜しんで働いているのに、いかにもしち面倒臭そうな仕事である。

「この仕事を手伝ってくれた者には、特別に給金を出そう」

「まことでごぜえやすか!?」

蔵人たちの目が一斉に輝いた。又左衛門はうなずき、

「頼んだよ。この試みが成功すれば、うちはもっともっと大きくなる。……早速だが、せっ

かくの年代物の酒粕だ。傷んだものはすぐに処分していいものだけを残し、しっかり保管し直してくれ」

「へい！」

蔵人たちは、我先にと働き始めた。

数ヶ月後――。

又左衛門の目前に、試作の酢樽が並んでいる。一年物、二年物、三年物、四年物、五年物……と、原料である酒粕の、保管期間が樽に直接書き込まれていた。又左衛門は、年の新しい粕酢から、順に試飲し始めた。

一年物を味わった時点で、すでに確信があった。普段扱っている、半年物の粕酢より旨いのだ。二年物は一年物よりさらにまろやかで、三年物に至っては、普段の粕酢とはまるで別物の芳醇(ほうじゅん)さだった。色合いも美しい琥珀(こはく)色をしており、いかにも高級感がある。

又左衛門は期待を深めて四年物、五年物を味わったが、四年物は三年物と大差がなく、五年物までくると、もはや酒分が飛びすぎていて、粕酢と呼べる代物ではなかった。

「三年物で決まりだな。この粕酢なら、森田半兵衛殿も、必ず満足してくれるだろう」

又左衛門は早速、酒粕の仕入れを大きく増やした。これから毎年、三年間熟成用の酒粕を仕込み続けなければならない。その分の酒粕代は、最初の二年分が丸々出費となる。

三年が経ち、又左衛門は、三年物の酒粕を使った粕酢の試作品を、江戸の森田半兵衛宛に送った。

後日、森田半兵衛からの書状が届いた。そこには、「他家を凌ぐ絶品」と、三年物の粕酢を賞賛する言葉が綴ってあった。加えて「これまで以上の取引を願いたい。きっとこの高級酢を使った、美味い鮨を売る店が増えるに違いない」と書かれていた。

目を通すや否や、又左衛門は書状を握りしめたまま、両腕を天に突き上げた。

酢方を任せるに当たって、かつて自分が名乗っていた『酢屋勘次郎』と改名させていた小七と、支配方の長である駒三を呼んで、又左衛門は書状を見せた。「支配方」とは、現在で言えば総務経理を担う、経営の管理部門のことである。駒三は半田生まれで、勘次郎より一回り年上であった。

朗報を聞いた勘次郎は、

「三年物の粕酢の大量発注に備えて、少なくとも今の倍は酒粕を仕入れなければなりません。囲い（熟成）用の桶も要り用でございますし、桶を置く場所も増築しなければ……」

意気揚々と言った。

「それに、これまでの粕酢とは別に、三年物の粕酢を造る道具と場所の、目算を立てておく必要があります」

「けんど若旦那様」

駒三が、不安げに顔を上げた。

「江戸では、物の値段が目まぐるしゅう変わると聞いております。酒粕を大量に仕入れても、粕酢の値ぇが大暴落したら大変なことんなるに。それに、酒粕を三年も、うまく囲っておけるとも限んねえ。まずはちこっとずつ増やしていく方がええような気ぃがしますが……」

と、及び腰になっている。

天保十二（一八四二）年のこの年、幕府は倹約令や奢侈禁止令を発し、物価の抑制に乗り出した。世に言う『天保の改革』である。そのため、物価は乱高下し、酒方の方はまともに煽りを食らって、大打撃を受けていた。事実、周囲には潰れた酒蔵もいくつかあった。

「大旦那様は、どなぁ思われますに？」

出入金の全てを預かる駒三としては、懸念せずにはいられない。

「酢方のことは、勘次郎に任せてある」

又左衛門は鷹揚に言った。

「駒三、ここで勝負に出ないでどうする？　初代が酒粕で粕酢を造ろうと思い立ち、挑み続けたからこそ今がある。失敗することを怖がっていては、小さくまとまってしまうばかりだ。義父上がせっかく生み出してくださった極上の粕酢を、世に広めない手はない。手堅い商売で安穏とするような中野家であれば、この先、伸びも続きもしないのではないか」

勘次郎の言葉に、又左衛門がうなずいた。

駒三を説き伏せた勘次郎は酢蔵を増築し、一年物から三年物まで、全ての酒粕を年代ごとに六尺桶に入れ、保存した。また、酢造りの道具の配置を、粕酢の製造効率が上がるように整えた。

試作品とともに準備してあった、三年物の高級酢の出荷も始まった。こちらに関しては江戸売りに限定し、販路は森田半兵衛の店だけに絞った。半兵衛ならば、必ずやこの高級酢を、これまでの粕酢と差別化し、良い形で広めてくれると信じてのことだ。

弘化（こうか）二（一八四五）年の春。夜更けに寄り合いから戻って来た又左衛門の部屋を、勘次郎が訪ねた。

「義父上、お話があります」

又左衛門が脱いだ羽織を受け取っていたとうは、素早くそれを畳むと、湯呑（ゆの）みを二人の前に置き、隣の部屋に移って襖（ふすま）を閉じた。

とうの姿が消えるとともに、又左衛門は湯呑みに口をつけ、ホッと一息ついた。

「おまえも飲みなさい」

又左衛門が勘次郎を促した。湯呑みの中身は、白湯（さゆ）と梅干しであった。一口すすると、爽やかな酸味が喉（のど）や胃の腑（ふ）に落ち、気分がスッと晴れるようであった。

「『酒毒を消すには梅湯が一番』と、飲んで帰った日には、いつもこれを出してくれるのだ。茶だと眠れなくなるからな」

「さすがは義母上……」

勘次郎は感心し、思わずつぶやいていた。とうの気配りは、いつもさりげなく、鮮やかだ。

「で、何用だ？」

「森田半兵衛殿との取引のことで、義父上にご相談があります。商品の預け売りをお願いしようかと思うのですが、いかがでしょうか？」

勘次郎は一息に言った。

「預け売りとは？」

「はい。粕酢が江戸で品切れにならぬよう、半兵衛殿にはいつも多めに商品を仕入れていただいておりますが、それでも度々、注文数が目算を上回って品切れを起こし、次の船の到着を待っていただいている次第でございます。そこで、半兵衛殿の蔵で在庫を抱えていただくよう、お願いするのです。注文や在庫の管理を、半兵衛殿にお任せし、売れた分だけ後からお支払いいただく。つまり半兵衛殿の蔵に、中野家所有の粕酢をお預けする、ということでございます」

「なんと……」

大胆な発想に、又左衛門は目を見開いた。

「そうしていただければ、余裕を持って粕酢を造ることができます。急な酒粕の入手の必要もなくなり、当家の蔵の在庫管理もたやすくなることでしょう」

これは、よほど相手を信用していないと成立しない取引である。在庫管理を先方に任せるということは、相手が悪ければ、いくらでも売り上げを誤魔化されるということだ。

だが勘次郎は、その点を全く危ぶんではいない。又左衛門にしても、森田半兵衛には絶大な信用を置いている。よしんば何かの手違いで、そこがほころんだとしても、中野家に対するこれまでの半兵衛の貢献の度合いや、品切れによって、売れるはずだった商品が売れなかった場合の損失の方が大きい。よって、預け売りに対する中野家の危険性はないに等しい。

だが……。

「いくら代金が後払いとはいえ、売れるかどうかわからない商品を抱えることを、果たして半兵衛殿が承知するだろうか？」

又左衛門が眉をしかめた。

「もちろんこれは、半兵衛殿にとっても損のない取引でございます。品切れがなくなるのはもちろんのこと、預け売りに同意いただく分、半兵衛殿には、今後いかに当家の高級酢の評判が上がろうとも、他では売らないというお約束を致します。中野家の高級酢は、半兵衛殿の店を通さねば手に入らないとなれば、半兵衛殿が売値を決めることができます」

「なるほど。船頭売りが勝手に高級酢の値付けをし、価格で競うということがなくなるのだな」

「はい。また、幸いにして酒などとは違い、粕酢は長く置いても味が落ちることはありません。きちんと保存していれば、むしろ旨くなる。よって半兵衛殿にとっても、粕酢の売れ行きが落ちる兆しのないうちは、預け売りにしても、決して損にはならないのでございます」

「うむ」

又左衛門は頼もしげにうなずいた。

「この取引を、半兵衛殿に打診しても構わないでしょうか？」

「ああ。私も承知の上だと、よろしく伝えてくれ」

「ありがとう存じます」

勘次郎が頭を下げた。

（先代の言った通りだな）

又左衛門は、初代の言葉を思い返した。「小七を上手く育てれば、いずれおまえの助けになる」と話していたが、なかなかどうして、勘次郎はたいした知恵者である。

「では、これで……」

勘次郎が出て行こうとするのを、

「待て。私もちょうどおまえに話があった」

又左衛門が止め、勘次郎が座り直した。

「今宵は見事な満月であった」

（……義父上は何を言い出すのだろう？）

勘次郎は身構えて、次の言葉を待った。

「気候も良いので、酔い覚ましに月を見て歩こうと、一丁先で駕籠を降り、歩いて帰って来たのだが、道中、そこかしこで山吹の花が満開だった」

又左衛門はその情景を、ゆったりと思い浮かべた。

「それはそれは。昼間見る蜜柑色の山吹も美しいですが、月の光で見る山吹なら、黄金色に輝き、ひとしおでございましょう」

勘次郎は、とりあえず話を合わせてはみたが、まだ、又左衛門の話の糸口が見えないでいた。

「『山吹』はどうだろう？」

又左衛門が向き直り、勘次郎の目をまっすぐに射た。

「何がでございます？」

「三年物の、高級酢の名前だよ」

「酢に、名前を？」

「そうだ。以前から私は、三年物を他の粕酢と区別するため、名前をつけてはどうだろうと考えていた。一度聞けば忘れない、粕酢にふさわしい名だ。今夜、生酔いの私が遠目に見た山吹の花の塊。あれはまるで……」

又左衛門はうっとりと目を細めた。

「まるで？」

じれた勘次郎が先を促した。

「笑うなよ、小七」

唐突に幼名で呼ばれ、勘次郎はぐっと息を詰まらせた。

「……あれはまるで、三年物の粕酢を混ぜて照り輝く、酢飯のようであった」

「……」

「これだ！　と閃いた。山吹は、見渡せばどこにでもある花だが、可憐で親しみやすく、一つ一つの花をじっくり見れば、気高くもあり、美しい。万葉集にも詠まれるほど、古くから愛でられている花でもある。山吹の花のように、私は江戸中を三年物の粕酢でいっぱいにしたいのだ！」

又左衛門の熱意に気圧され、言葉をなくしていた勘次郎が、ハッと我に返った。

「良い案ではございませんか！」

満面の笑顔で手を叩いた。

「月夜の山吹が酢飯に見えたとは、まさしく天啓。天が義父上に、閃きを与えてくださったのでございましょう」

「そう思うか？」

「もちろんでございます。元より、私に否やはございません。義父上が生み出された高級酢でございますから、義父上が名付け親になるのは当然のこと。早速明日から、三年物を『山吹』と名付けたことを広めましょう」

「ああ、ありがとう」

肩を叩かれ、勘次郎はポカンと顔を上げた。

「どうした、おかしな顔をして？」

「いえ、なんでもありません」

勘次郎が驚いたのは、又左衛門から礼を言われたのが、初めてのことだったからだ。

「酢方を任せて良かった。おまえは私より、よほど商才に長けているらしい」

又左衛門が勘次郎に笑いかけた。

(やっと、認めてもらえた……)

勘次郎の胸は熱くなった。

(いや、そうではない。きっと義父上は、これまでわざと私に厳しくされていたのだ)

悔しさを乗り越えようと奮起する、勘次郎の性質を見越してのことだろう。……と、

「入ってもよろしゅうございますか？」

襖の向こうから、とうの声がした。「ああ」と又左衛門の返事を聞き、とうが襖を開けた。

「こちらを用意して参りました」

とうは、ちろりとぐい呑み、独活の粕酢漬けをのせた盆を、二人の間に置いた。

「これはいい。わざわざつけて来てくれたのか」

二人が話している間に、とうは火を熾し、燗酒を用意していた。

「祝杯だ。付き合え」

又左衛門がぐい呑みを勘次郎に渡し、とうが酌をした。

「では」

二人が杯を上げようとすると、

「少しお待ちを」

とうが懐から何かを取り出し、粕酢漬けの小鉢に添えた。

「旦那様のお召し物についておりました」

黄金色をした山吹の花一輪。誇らしげに揺れた。

第四章　三代・中野又左衛門

―小七―

「船が出るぞーい！」
「ヨーソロー（良し候）！」

積荷を満載した船が、半田湊を出航した。酢樽のほとんどに、焼印痕たくましく『山吹』の文字が読み取れる。

二代・中野又左衛門と酢屋勘次郎親子は、並んで船を見送りながら、五年前に『山吹』と名付けた三年物の高級酢が、出荷される日までのことを思い返していた。

弘化二（一八四五）年の暮れ、『山』と『吹』の文字が刻まれた二本の焼印が、店に届けられた。

尾州半田中野の粕酢は『丸勘酢』と呼ばれているが、他の尾州の酢にも、ほぼ全て丸勘印が用いられていた。これらと差別化するため、樽に書かれた丸勘印の下に、『山吹』の焼印を入れようと考えたのだ。

烙印式の日、紋付姿で正装した又左衛門と勘次郎は、お店者に任せず、自らこれらが入った木箱を白布に包み、酢蔵に持参した。

宮司による神事の最中、大量の炭が竈にくべられ、火花を散らして燃え盛る炎に、二本の焼印が押し込まれた。それぞれの持ち手の木の部分には、滑り止めのための濡れ手拭いが、ぐるぐる巻きにされている。鉄が早く灼けるよう、職人たちは鞴を踏んで、炎を暴れさせた。

作業場の中はかなりの室温であった。流れる汗を拭いながら、一同は期待に胸を膨らませ、焼印の先端が橙色の光を放つ様を眺めていた。

頃合いになると、宮司はまず『山』の焼印を引き抜き、正面に置かれた真新しい樽に向き合った。樽の前には、焼印の高さに合わせて、中央に溝を彫った木の台が置いてあった。宮司は、溝の上に焼印を置くと、又左衛門を振り返り、「どうぞ」と促した。

又左衛門は緊張の面持ちで、台に置かれた焼印の前に立った。竈の熱風が横から吹き付け、チリチリと肌が焼かれるようであったが、怯まず焼印の持ち手を握った。

樽が動かぬよう、職人が二人がかりで、樽を背後から支えてくれている。又左衛門は槍で突くように、腰を落として焼印を樽に押し当てた。焼かれる音はほとんどしなかったが、焼き目から白い煙がするりと立ち昇り、焦げた匂いが鼻をかすめた。

煙が完全に消えるのを待って、又左衛門は焼印を引いて台に戻した。と同時に、宮司が真っ赤に灼けた『吹』の方の焼印を竈から抜いて、溝の上に置いた。

だが又左衛門は、『吹』の焼印に目をやると、後ろに控える勘次郎を振り返った。

「お前が打ちなさい」

「私が？」

又左衛門がうなずいた。

「お前と私とで、『山吹』を完成させるのだ」

勘次郎は拳を握り締め、深々と頭を下げた。

「ありがとう……存じます」

「うむ」

勘次郎が進み出ると同時に、又左衛門は脇へ避けて場所を譲った。勘次郎は『吹』の焼印を握り締め、慎重に樽に押し付けた。

「いいだろう」

又左衛門の合図で、勘次郎は焼印を戻した。職人たちが見守る中、二人は一歩下がって仕上がりを眺めた。

「感無量でございますね」

内赤木の樽に、焦げ茶色の印がくっきりと浮かび上がっている。万感の思いを込めた、力強い焼き目であった。

既存の粕酢の六割増しの価格にもかかわらず、『山吹』は売れに売れた。舌が肥えている高級店ほど乗り替えが早く、発売から五年経った今日、江戸では「酢は『山吹』に限る」と賞賛されている。

勘次郎が提案した〝預け売り制度〟も功を奏した。予想を上回る注文数の急増であったが、在庫を切らすことなく対応することができた。

また、『山吹』だけは、森田半兵衛の店を通しての独占販売に限ったため、価格が安定し、それゆえ顧客の信用を勝ち得ることができ、ますます評判を上げることに繋がった。

半兵衛からは「また鮨屋が増え、注文数が増えました。華屋與兵衛をはじめとする『江戸三鮨』も軒並み大繁盛しております。造った端からどんどん『山吹』を送っていただきとう存じます」という嬉しい手紙が届いた。

注文数の激増により、現状の酢蔵では対応ができなくなると見越した勘次郎は、蔵の大改築を進めた。また、会下山の麓に井戸を掘って、総延長六百六十間（約千二百メートル）という、民間では類を見ない大水道工事を始めた。

水道が完成した開通祝いの宴席で、又左衛門は勘次郎に酒を注ぎながら、

「総売りが一万両を超えたら、店は全てお前に任せる」

と宣言した。

「それは……隠居されるということですか？」

勘次郎は目を丸くして言った。

「いや、そうではない。お前が主（あるじ）となって店を切り盛りし、私は相談役として後ろ盾に回るということだ。……実はな、勘次郎。私は旅がしたいのだ。初代から、江戸を旅した時の話を散々聞かされた。私も江戸に行ってみたい。さらに足を伸ばして、奥州（おうしゅう）を巡ってみたいのだ」

「奥州、でございますか。それはまた何故（なにゆえ）に？」

勘次郎は返盃（へんぱい）をしながら尋ねた。普段は厳しい義父であるが、酒が入ると表情が和み、饒舌（じょうぜつ）になる。

「『夏草や兵（つわもの）どもが　夢の跡』」

又左衛門は、言ってニヤリと笑った。

「芭蕉翁（ばしょうおう）でございますね。……ああ、金色堂（こんじきどう）！」

「その通りだ。奥州平泉（ひらいずみ）、中尊寺（ちゅうそんじ）の金色堂。極楽浄土をこの世に写したといわれる絢爛（けんらん）たるお堂を、生あるうちに一度、この目で見てみたい」

又左衛門は、儒学者で書家でもある山中信天翁（しんてんおう）から『伯蘭』という雅号をもらい、同じく儒学者で、書画・文人画を得意とする貫名海屋（ぬきなかいおく）とも交流があるほど、漢詩、禅、書画に精通していた。風流を解（かい）する又左衛門は、松尾芭蕉のこの句に惹（ひ）かれ、『奥の細道』に詠（よ）まれた順路を辿（たど）る、奥州の旅がしたいのだと語った。

「それには、少しでも足腰が達者なうちでないとな」

「驚きました。義父上にそのような夢がおありとは」

「私も、自分がなぜこの句に惹かれるのかと考えた。そこで思い当たったのだが、私はきっと、己の生き方は正しかった、間違ってはいなかったと思いたいのだ」

「……と、申しますと?」

「今の中野家の繁栄は、私にとっては夢の中にいるようなものだ。岩と初代が立て続けに亡くなり、新造したばかりの弁才船が沈んだ時……、私はもう、生きているのがつくづく嫌になった。今生とは、なんと生き辛い世の中なのだと。……あの時、義母上が励ましてくださらねば、それこそ私は全てを投げ出して、芭蕉翁のように放浪の旅に出ていたかも知れない。そんな中、店を立て直し、お前や皆の助けで『山吹』が誕生し、売り上げを飛躍的に伸ばすことができた」

勘次郎は無言でうなずいた。

「あれだけの苦労をしたのだから、今日の成功は当然という者もいれば、もっと贅沢をすればよいと誘う者もいた。だが私は、利益は人様に還元するものだとお前に教え、お前は私以上の手腕で道を拓き、そのことを実行してくれている。……もし私が、利益を己のために使っていたなら……それこそ『夢の跡』しか残らなかったかも知れない。今のように、中野家の粕酢を皆が喜び、待ち望んでくださるようなありがたい日々は、訪れなかったに違いない。

……そのことを、奥州に行って確かめたいのだ」

「なんと……」

義父は勘次郎にとって、尊敬すべき指針であった。義父の意に従い、勘次郎は我欲を持たぬことを当たり前だと考えていたが、まさか、義父自身にそのような迷いがあったとは……。勘次郎が事業を拡げ、新しく始めることを、いつも後押ししてくれていたのは、そうすることで、己の我欲を遠ざけることができると考えていたからなのか……？

「私はね、迷い多き人間なのだよ」

勘次郎の意を察してか、又左衛門は自嘲気味に笑った。

嘉永六（一八五三）年四月下旬、又左衛門は供を一人連れて半田から旅立った。清吉という、三十を超えたばかりの、働き盛りの大男である。

まずは江戸でお得意様への挨拶回りをし、奥州を旅して再び江戸に戻り、名所見物をして帰ってくるという、ひと月以上に及ぶ長旅の予定であった。

江戸に着いた又左衛門は、いの一番に森田半兵衛の醬油酢問屋を訪れ、初めての対面を果たした。店には所狭しと、山吹印の酢樽が積んであった。又左衛門が感慨深げにそれらを眺めていると、

「毎日、相当数の『山吹』が売れてゆきます。蔵まで取りに行く時間と手間が惜しいので、店を開ける前に、売れる見込み数の樽を、こうして店に出しておくのでございます」

好々爺然とした半兵衛が、柔和な笑顔を見せた。

半兵衛が独立して店を持ったのは、初代が江戸を旅した後のことゆえ、半兵衛は初代に会ってはいない。だが、書面で幾度となくやりとりをし、その人柄に惚れ込んでいたためか、生前の初代の話を詳しく聞きたがった。

一通り思い出話に花が咲いたところで、

「ところでご主人、お願いがあるのですが」

又左衛門が切り出した。

「なんでございましょう?」

「日頃のお礼を兼ねて『江戸三鮨』を訪ね、それぞれの鮨を食してみたいのでございますが、ご紹介いただけますでしょうか」

「もちろんでございます。よろしければ私が段取りをし、ご一緒させていただきます。江戸にはいつまでご滞在の予定でございますか?」

聞かれて又左衛門は、この後奥州に足を向け、再び戻って来るつもりであることを話した。

「それは羨ましいお話でございますなぁ。私は旅といえば、日光や伊豆、箱根がせいぜいで。是非、土産話を聞きとうございます。……いかがでございましょう? 『江戸三鮨』巡りは、奥州から戻られた後でご案内させていただくというのは。猶予をいただいた方が、お迎えの準備もできますし、きっと亭主どもも喜びます」

なるほどそうかと又左衛門は得心し、半兵衛に暇を告げると、宿に荷を下ろし、江戸見物に向かった。

まずは江戸酒問屋街の守護神である新川大神宮に詣でた後、佃島を眺めながら永代橋を渡り、『深川の八幡さま』で親しまれている富岡八幡宮を訪ねた。一の鳥居をくぐると、酒肴や芸子を置く料理茶屋が幾つも連なり、境内の『二軒茶屋』で軽く食事を取った。

「旦那様、鮨を食わんでええだか？」

清吉が尋ねた。

「あねいに楽しみにしちょったに」

「せっかく森田半兵衛殿が『江戸三鮨』を案内してくださるのだ。その時まで、鮨はお預けにしよう」

又左衛門は笑って、膳に乗った鮎田楽を頬張った。

「うむ、旨い」

「楽しみは後にとっとくっちゅうわけですかね」

「奥州より戻れば鮨三昧だ。今はそれ、しばし鮨のことは忘れて、江戸を楽しもうではないか」

晴れ晴れと言う又左衛門を、清吉は意外そうに見つめた。仕事の鬼の大旦那のこと、きっと昼夜問わず、鮨ばかり食わされるものだと身構えていたのだが……。

「この後は三十三間堂と洲崎弁天を見物し、五百羅漢まで足を伸ばしてみようと思う。そこからぐるりと亀戸を回って両国に抜ければ、いろいろと珍しいものが見られるに違いない」

「江戸に着いたばかりで、そんなに歩くだか？」

清吉は呆れて言った。

「この度の旅で、私は大いに見聞を広めようと思う。できるだけ多くのものを見て、普段は食べないものを食べ、普段は行かない場所にも行く。そうした経験の蓄えが、きっとこれからの私には必要なのだ」

この後三日間、又左衛門と清吉は、馬喰町の宿を中心に、江戸城、上野、浅草などを巡り歩き、奥州に向けて旅立った。

五月の初旬に江戸を出た又左衛門と供の清吉は、松尾芭蕉の『奥の細道』の足跡を辿り、往復二十日の行程を経て、江戸に戻って来た。奥州平泉までの道中、いくつかの名所をまわったため、当初の予定を四日ほど過ぎてしまっていた。

江戸に到着し、宿で荷を解いた又左衛門たちは、午後には早速土産を持って、醬油酢問屋の森田半兵衛の店を訪れた。到着日時はあらかじめ、飛脚を使って知らせてあった。

「まずはご無事で何よりでございました。お帰りを、首を長くしてお待ちしておりました」

半兵衛は帳場の上がり框で土産を受け取り、茶を出してくれた。

「上がっていただいてもよろしいのですが、それですと出るのが億劫になります。駕籠を呼びますゆえ、このまま『與兵衛鮨』に参りましょう」

「かたじけのうございます。いろいろとご心配をおかけして申し訳ございませんでした。奥州道中は夏というのに涼しくて、思いのほか道も整っており、気分が弾んであちらこちらに立ち寄ってしまいました」

「積もる話は、後ほどゆるりとお聞かせくださいまし。……ほう、秀衡塗でございますか。このように豪華なものを、ありがとう存じます」

土産の包みを開けた半兵衛が、蓋付の椀を掲げて言った。

秀衡塗とは、平安時代末期、奥州藤原家の三代秀衡が京より職人を呼び、地元で取れる漆と金を贅沢に使って作らせたことから始まった、平泉名産の漆器である。

「栄華の余韻に浸るのも一興かと、手前の分まで買い求めて参りました」

「さぞかし、良い旅をされたのでしょうなぁ」

半兵衛は目を細めた。

清吉を先に宿に帰した又左衛門は、半兵衛と共に駕籠に揺られ、東両国元町の華屋與兵衛の店に向かった。

高い板塀に囲われた店の前で駕籠を降り、竹垣に沿って中に入ると、右手に広い庭があり、池の周りに大きな松の木が数本植えてあった。正面に二階建ての建物があり、その奥には黒漆喰の土蔵が建っていた。

「立派なものですなぁ」

又左衛門が感嘆した。

「『江戸三鮨』の中でも、一番繁盛しておりましょう。特に十年前のご改革で、ここ『與兵衛鮨』と堺屋松五郎さんの『松の鮨』は、贅沢な鮨屋として捕らえられ、手鎖の刑を受けたことで、逆に評判を高めましたゆえ」

「今は亡き、水野忠邦様のご政道でございましたな。あの知らせを受けた時は、どうなることかと案じましたが……」

「なに、與兵衛さんもやり過ぎたのでございますよ」

話すうち、二人は庭を通り過ぎて店に入った。中は順番を待つ人々でいっぱいであった。待ちくたびれて寝こけている子供もいる。

「話は通してありますから、上がらせていただきましょう」

勝手知った様子で、半兵衛は下足番に草履を預けると、人混みをすり抜けて奥に入って行った。

女中が、二階の奥の突き当たりの部屋に二人を案内した。賓客用の部屋らしく、凝った設えで、調度品も見るからに高価なものが使われていた。又左衛門が羽織を脱いで席に着くと、眉を剃ってお歯黒をした女性が、燗酒と佃煮を運んで来た。

「ようこそおいでくださいました」

すかさず半兵衛が、又左衛門に向けて手をかざした。

「女将、こちらが『山吹』の蔵元の、中野又左衛門殿だ」

「まあまあ左様でございますか。いつも、大きにありがとう存じます」

女将が畳に手をついて、頭を下げた。

「こちらこそ、いつも贔屓にしていただき、感謝しております」

又左衛門も、深々とお辞儀をした。

「ただいま、主人が鮨を握って参りますので、それまで、どうぞゆっくりお寛ぎになってくださいまし」

「與兵衛さんが、手ずから?」

半兵衛が驚いた。與兵衛は今や、もっぱら店の経営に携わり、鮨は職人たちに任せていたはずである。

「ほほ……。大事な人に食べてもらう鮨を、他人には任せられないと申しまして……」

女将が下がると、又左衛門と半兵衛は早速酒を酌（く）み交わし、旅の話を始めた。

「江戸を出て三日後、まずは日光東照宮に立ち寄りました。半兵衛殿のおっしゃっていた通り、絢爛豪華（けんらんごうか）な陽明門には圧倒されました。一つ一つの彫刻も見事で、公方（くぼう）様の御威光が詰まっている感じが致しました。白河の関からは、阿武隈川（あぶくまがわ）を船で下り、絶景で名高い松島に見惚（みほ）れました。芭蕉翁が、あまりの美しさに句が詠めなかったという逸話も、さぞやと思うほどでございます。石巻（いしのまき）からは『奥の細道』の順路を外れて、金華山（きんかさん）にまで足を延ばしました」

「わざわざ、島に渡られたのでございますか」

「はい。金華山の大金寺（たいきんじ）は藤原氏ゆかりの寺でございますし、弁財天を守護神としております。これまでの人生で、二度も船を失った身としましては、これ以降は二度と海難に遭わぬよう、祈っておきたかったのでございます」

癒えるはずのない又左衛門の深い傷に気づき、半兵衛は絶句した。

「……その節は、大変なご苦労でございました」

「荷が滞（とどこお）り、半兵衛殿にもたいそうご迷惑をおかけしました」

「とんでもないことでございます。あそこからよくぞここまで……」

「それもこれも、皆様のおかげでございます。私が此度（こたび）の旅で感じたことは、『感謝』の一言につきます。半兵衛殿をはじめ、私どもを贔屓にしてくださっている方々、代々の親族や店の者たち、自然や風潮……。過去の災いさえも、肩の荷が下りてやっと、今は試練だったと思えるようになりました」

「肩の荷が下りた」とは、店の経営を婿養子の勘次郎に任せたことだけを指すのではない。又左衛門は、本家の七代目が三十歳で早逝した後、八代目となった中野半左衛門の後見人をここ十年間ほど務めてきた。こちらの責務も、そろそろお役御免となってきている。

「それはようございました。それで、念願の中尊寺金色堂はいかがでしたか？」

「それが……。確かに、お堂全体に金箔が貼られ、ひしめくように置かれている仏像の数々も金ならば、柱や柵には螺鈿や宝石がふんだんに使われ、まるで巨大な玉手箱のようで、眩しさに息を呑むほどでございましたが……、すぐに見飽きてしまいました」

「見飽きる、とは？」

「生涯に一度は見ておくべき偉大な遺産だとは思います。しかしながら、眩しかったのは最初だけで、見ているうちになんとはなしに輝きをなくし、煤けて見えるようになりました。実際には七百年以上前の古いものでございますから、色褪せているのも当然なのでしょうが。……それよりも、松島の絶景の方が、私にとっては何倍も素晴らしかった。いくら見ていても、見飽きることがなかった。行き帰りにあの景色を眺められて、もやもやしていたものが満ち引きする波に流されてゆき、踏ん切りがついたように思えました」

「なるほど」

半兵衛がうなずいた時、

「お待ちどうさまでごぜえやす」

頃良く部屋の外から声がかかった。襖が開き、丸顔でふくよかな身体つきをした男が顔を上げた。脇には鮨桶が置かれている。

「お初にお目にかかりやす。華屋與兵衛でごぜえやす」

「これはどうも。中野又左衛門でございます」

「お目にかかれて恐悦至極に存じやす。……ありゃあもう、十年ほど前になりやすか。あっしが森田様から新しい粕酢があると勧められて、早速鮨を握ってみたところ、これがもう、魂消るじゃごぜえやせんか。あまりの旨さに、この酢を使えば、あっしの鮨がますます旨くなるんだって、嬉しかったですぜ、そりゃあもう」

「能書きよりも『論より証拠』だ、與兵衛さん。早くその鮨を、食べさせてくださいな」

「こいつぁ失礼しやした」

與兵衛は鮨桶を、二人の間に置いた。

上から見た感じは、又左衛門一行が名古屋で食べた、富五郎の『江戸や三すし』とほとんど変わらない。それもそのはず、富五郎は與兵衛の弟子だったのだから。ただし、あの頃はまだ『山吹』は完成していない。ゆえに與兵衛鮨の方は、まさしく酢飯が山吹色をしている。

『山吹』を使った鮨自体は、昔からある箱ずしの形で半田でも食べているが、本格的な江戸前鮨では初めてである。

「どうぞお先に」

半兵衛に促され、又左衛門は小肌の鮨に手を伸ばした。

與兵衛と半兵衛は、「やはり」と目を見合わせ、うなずき合った。青魚は酢でメて下処理をするため、酢飯にもネタにも『山吹』が使われている。又左衛門が鮨との相性を知るには、最適のネタだからだ。

一口かじって咀嚼し、又左衛門は目を見開いた。

「おおっ……美味い！」

「お気に召していただけやしたか？」

與兵衛が得意げに尋ねた。

「もちろんでございます。名古屋であなたの弟子の、富五郎さんの江戸前鮨をいただいたことがありますが、これは格段に美味い！」

「そりゃあまあ、あっしの腕っていうより、『山吹』のおかげでしょうね。又左衛門様の『山吹』があってこそ、あっしら鮨職人は、こんなにも旨い鮨を作れるようになりやした。今や江戸中、鮨屋だらけだ。さぞやご苦労もあったことでごぜえやしょうが、鮨屋を代表して、御礼を申し上げやす。この通り、大きにありがとうごぜえやした！」

與兵衛は、畳に額をこすりつけた。

「堅苦しいのはよしにしましょう」と半兵衛が言い、この後は三人でおおいに飲んで食べて話が弾み、宿の夕餉だけでは足りなかろうと、清吉への土産の鮨を用意してもらい、又左衛門は上機嫌で宿に帰った。

翌日の日中には、半兵衛から『けぬきすし』に案内してもらい、亭主に挨拶をして、鮨を全種類購入した。翌日が食べ頃と聞いたので、帰りの道中で食すつもりであった。

そのまま、浅草の平右衛門町にある『松の鮨』本店を訪れ、一階の帳場で、又左衛門は堺屋松五郎との対面を果たした。

今から約五十年前の文化元（一八〇四）年に、初代が初期の粕酢を持って、初めて江戸を訪れた際、真っ先に粕酢を使わせて欲しい、と願い出てくれたのが松五郎であった。泉州堺の料理茶屋から江戸に出てきて、ちょうど鮨屋を始めようと試行錯誤していた松五郎は、それまで使われていた米酢ではなく、旨味と甘味のある粕酢を使った高級鮨を開発し、評判を取ったのだ。

数十年前に安宅で店を興して以来、『松の鮨』は、「玉は金、魚は水晶のよう」と、江戸で最も美しく高価な鮨として知られている。

七十半ばを過ぎた松五郎は、すでに隠居の身の上であったが、二代目が訪れると聞いて店で待ってくれていた。彫りの深さはそのままに、総白髪で、顔には深い皺（しわ）が刻まれていた。

「先代が亡くなられて、もう二十五年も経ちますんか……」

松五郎は、又左衛門の手を両手で包み、拝んだ。

「先代が粕酢を発明しはって、またあなたさまが、さらに美味しい高級酢を造ってくださったおかげで今があります。ほんまに、感謝してもしきれませんわ」

「こちらこそ、かねがね先代から、松五郎さんのお話を聞いておりました。あなたが一等先に、粕酢を使った鮨を作り、流行（はや）らせてくださったことを生涯忘れてはいけない、と……」

又左衛門は、松五郎の手を握り返した。その手は老人と思えぬほど滑らかで、しみひとつなかった。そのことを褒めると、

「鮨を握る手ぇが荒れてたら、洒落（しゃれ）にならんよってな」

松五郎は照れ臭そうに笑った。

翌日の早朝、又左衛門は晴れやかな気持ちで江戸を発（た）った。初めての旅で、得たものは計り知れなかった。当初の予定が延び、帰路を急いでいると、遠州灘（えんしゅうなだ）で、人々が海を指差して騒いでいるところに出くわした。

何事かとそちらを見ると、たくさんの帆を張った巨大な黒い船が四隻、江戸に向かって、悠々と沖を進んで行くのが見えた。又左衛門が初めて見る、外国の船であった。

歴史を揺るがすペリーの来航――。

言い知れぬ不安が、又左衛門の胸に宿った。

嘉永六（一八五三）年六月三日、又左衛門が江戸からの帰路で見かけた外国船は、アメリカ合衆国が派遣した、マシュー・ペリー率いる東インド艦隊――黒船四隻であった。艦隊は夕刻、浦賀沖に停泊すると、交渉に応じぬ江戸幕府に対し、大砲の発射口を江戸に向けて開国を迫るなど、武力行使に及んだのである。

騒ぎを聞きつけた読売や絵師たちは、すぐさま浦賀に駆けつけた。見聞きした情報は瓦版や浮世絵に摺られ、津々浦々に流布されて行った。

『泰平の眠りを覚ます上喜撰たった四杯で夜も眠れず』

という狂歌が評判となり、国中を駆け抜けた。『上喜撰』とは、当時評判の緑茶『喜撰』の上物を指しており、「上等の緑茶を四杯飲んだだけで目が冴えてしまった」という意味と、「蒸気船が四隻来ただけで、心配で夜も眠れなくなった」という二つの意味がかかっている。

二代目は半田村に帰った後、これらの情報を見聞きする度に不安を抱いた。これまでも我が国は、オランダとは交易があったとはいえ、京よりも遥か南の、『出島』と呼ばれる専用の居住地に住む異国人たちの存在は、どこか絵空事のようだった。

だが此度は、先日訪れたばかりの、政の中枢を担う江戸の町が脅威に晒されている。大砲によってあの町が破壊され、メリケンが乗り込んできて、日本を牛耳ったとしたら……。それに、幕府がペリーの要求を呑んで開港すれば、食生活も変わるに違いない。彼らは赤い酒を飲み、牛や豚や鶏の肉を大量に食らい、米や生魚は食べないという。つまり、鮨は見向きもされないということだ。そもそも彼らは、酸っぱいものを食べるのだろうか？

約七ヶ月後の嘉永七（一八五四）年一月十六日、ペリーは再び来航し、交渉の末に日米和親条約が締結された。二百年以上に及ぶ鎖国が解除されたのである。

同年十一月四日、辰ノ上刻（午前八時頃）――。

朝餉の片付けを終え、桶の水を庭木に撒いていたとうは、ふと空を見上げて驚いた。朝日はとっくに上っているというのに、夕焼けのように、空が真っ赤に染まっていたのだ。その直後、地面がドンッ！　と踊り上がった。まるで太鼓の打面に乗っているかのように。

とうは、つんのめって銀杏の木にしがみついた。ゴゴゴゴ……と地響きは止まず、揺れは激しくなるばかり。瓦が落ち、物干し竿が倒れた。恐怖のあまり、固く目をつぶったとうの耳に、ガシャン！　バタン！　と物が倒壊する音が聞こえた。

刻の鐘が十度打たれる程度の時間であったが、とうにはこの揺れが、永遠に続くかのように思われ、胸の内で必死に念仏を唱えていた。

揺れが収まると、

「とう！」

二代目が縁側から飛び出し、とうの元に駆け寄った。

とうは涙目で夫を見つめたが、腰が抜けて身体が強張り、口を開くことも、立ち上がることもできないでいた。

二代目は、とうに怪我のないのを確かめると、ホッと息を吐き、地面に膝をついて妻に向き合った。とうの腕を取って木の幹から引き剝がし、力一杯抱えた。

「良かった……」

夫のつぶやきで、ようやく我に返ったとうは、おずおずと又左衛門の胸に身を預けた。

「旦那様も……」

しみじみとお互いの無事を確かめ合い、人心地ついて顔を上げた途端、とうは己が目にした光景に我が目を疑った。

又左衛門が店の実権を三代目に譲ってから、二人は屋敷の奥の、中庭を挟んだ離れで暮らしていたのだが、今やその家の壁に大きな亀裂が入り、庇が落ち、門柵の一部が倒壊している。

「これは……」

とうは夫の手を借りて立ち上がり、倒れた柵の向こうに見える光景に愕然とした。又左衛門家はまだ、造りがしっかりしていただけに、ましな方であった。周囲の家々は屋根が傾き、半壊している家もあった。地面には亀裂が入り、段差ができている。

「大旦那様！　ご無事でごぜえますか!?」

大声を上げながら、支配方の駒三が駆け込んで来た。

「こちらは大事ない。皆は？」

「はい。旦那様をはじめ、皆様ご無事でごぜえます。店の者たちも、軽い怪我をした者がいるぐれえで……」

「そうか……」

そうしている間にも、周囲の人々がわらわらと家から出て来た。まずは己の家の状態を検分し、近所の人々の安否を確かめ合った。

酢屋勘次郎改め、三代・中野又左衛門は庄屋役についていたため、中野本家、半六家、小栗家を含む半田村の重役たちが、又左衛門家に集まり始めた。各組の被害状況を確認し、陣屋に報告書を提出せねばならない。

座敷を離れられない三代目に代わって、采配を振るっていたのは二代目であった。まずは妻帯している手代や蔵人たちを一旦家に帰し、家族を連れて来るよう命じた。と同時に、残った蔵人たちの中から、若くて独り身の者たちを、建物の下敷きになった人々や、重傷者の救助に向かわせた。

次に又左衛門家の酢蔵を開放し、避難所に充てた。集まって来た女人や子供、軽傷者を高台に避難させ、救助された怪我人たちを、近くにある雲観寺に運ぶよう指示した。手当ての指揮はとうが取った。米や食料も提供し、はつを炊き出しに当たらせた。

八ツ刻（午後三時頃）には人々の救済が一段落した。建物を補強し、瓦礫も片付け終わって、帰れる者は、ひとまず各家に戻った。

ところが、である。夕刻になって、再び大きな地揺れが始まった。朝方の地震は上下に揺れていたが、今は左右に揺れ、とても立ってはいられない。

西南の方角からゴオーッ！　という凄まじい音が迫って来た。男たちは壁を伝わりながら外に出て、轟音の方角に目を向けた。

信じ難い光景であった。巨大な波が壁のようにそびえ立ち、うねりを上げて迫っていた。

「うわぁーっ！」

あれに呑まれたらおしまいと、人々は倒けつ転びつしながら、一斉に高台に向かって走った。幼い子供たちは背負われ、あるいは肩に乗せられて、必死に親の頭にしがみついている。

二代目もとうの手を引き、高台を目指した。かつて義母の波を花見に連れて行った、あの場所である。村の全貌を知らねばと思った。

一方、三代目たちは酢蔵の二階にいた。

手代の一人が、かつてないほどに潮が引いていることに気づいたため、高波による大水(おおみず)に備えて、酢蔵の下の階にある荷や道具類を、総出で上の階に運び上げていた。

尋常でない幅と高さを持つ波柱(なみばしら)が見えた途端、

「上がれー！」

三代目の号令と共に、お店者(たなもの)たちの家族を含め、皆は酢蔵の二階に避難したのだ。

数年前に改築したばかりの酢蔵は、どこよりも頑丈で天井も高かった。一同は恐怖に身体を丸め、怯(おび)えながら口々に念仏を唱えた。

(来るなら来い！)

三代目は仁王立ちになって、壁の向こうに迫り来る波をねめつけた。

「お父様たち、大丈夫でしょうか？」

はつは不安げに眉を寄せ、夫の姿を見上げた。

ドオォーーン!!

波が砕ける音がしたかと思うと、大量の海水が湾から押し上げられて来た。家は崩れ、呑み込まれ、船や大八車が、波に運ばれて家々に衝突する。犬は溺れ、逃げ遅れた人々が屋根に上がり、木のてっぺんにしがみついている。

「水が来たぞー！」

一階を見張っていた蔵人が、大声を上げながら階段を駆け上がって来た。皆が恐怖に顔を引きつらせ、子供たちが泣きだした。三代目はすぐさま、蠟燭(ろうそく)の灯(あか)りで階下を照らした。氾濫した川から、酢蔵の中に水が流れ込んでいた。きっちりと扉を閉め、目貼りもしてあったが、水は地面からじわじわとせり上がって来ていた。

一階の高さは八尺（約二百五十センチメートル）ある。さすがにここまで水に浸(つ)かることはないと判断し、二階に逃げ込んだのだが、もしこの決断が誤っていたならば……。

（頼む!!　止まってくれ……！）

ここで皆を死なせるわけにはいかない。

三代目は天に祈った。

高台に着いた二代目夫妻が、薄暗闇の中で目にしたものは、水浸しになった半田村であった。波しぶきが絶え間無く村に打ち付けている。堤防は水没しており、水面から家々の屋根が顔を出している。河川近くにある、又左衛門家の蔵屋敷(くらやしき)も同様である。

二代目夫妻は皆の無事を祈りつつ、氏神様である神社に身を寄せ、避難して来た人々と共に、お堂で一夜を明かした。

「義父上！」

朝、お堂でとうと身を寄せ合っていると、三代目とはつが現れた。

「よう、ご無事で」

四人は手を取り合い、再会を喜んだ。

「店の方は？　皆無事か？」

「はい。蔵に避難したところ、一時は膝までが水に浸かりましたが、今は水も引き、皆無事でございます。品物や道具類も、でき得る限り上に運んでおきましたので、湊が復興すれば、すぐに荷を送り出すことができます」

「そうか、あの騒ぎの最中によくぞそこまで……。では、半兵衛殿に不自由をかけることもないのだな」

すぐに船が出せないこのような事態でも、三代目が提案した〝預け売り制度〟のおかげで、森田半兵衛の元には、まだまだ『山吹』の在庫が保管されている。

それに、時期尚早（しょうそう）を懸念（けねん）したものの、三代目の勧めに従い、千九百両近くも使って酢蔵を大改築しておいたことも功を奏した。もし以前の古い酢蔵のままであったら、何もかも流されていたに違いない。

二代目は頼もしげに三代目を見下ろした。元々、背は高い方ではないが、近頃では肉付きが良くなり、貫禄が出て来たように思う。

（わしの一番の功績は、こやつを養子にしたことだな……）

半田村が復興するまでの間、女人や子供たちは高台にある上半田や荒古、あるいは神社に預けられた。また、家が崩壊して住処を失った者などは、郷倉（年貢米や備蓄米を収納する倉庫）や、神社に小屋掛けして数日過ごしながら、家の再建に当たった。

裕福な家でも、母屋が半壊し、住めぬ場合は、己の庭の敷地に地震小屋を造り、もしもの時に備えて、庭に小舟を置いて生活し始めた。

三代目はこの時から、村の地形について深く考え込むようになった。自然の脅威を前に、人はあまりにも無力であった。

記録によれば、大災害はこれが初めてのことではない。それでなくても、度々台風に晒される知多半島では、天災による被害が少なくない。聞けば神君家康公は、江戸の町を造る際に、まずは荒川の流れを変えたという。今のうちに、災害に強い村を造っておくべきではないのか……。

そう考え、近隣の村の庄屋たちに河川の整備を提案したところ、

「津波が来たばっかりで、まだ当分は来ねえだに」

「そんな金、どこで調達するっちゅうに」

と、皆尻込みをした。

「普請の金は、当家で用意します」

三代目は諦めずに説得を続けたが、「人手が足りぬ」「その間の仕事はどうする」などと問題点を挙げ列ね、賛同する者は一人もいなかった。


ようやく、村のほとんどが元通りになったと安堵したのも束の間、翌・安政二（一八五五）年の八月、台風によって英比川が決壊した。洪水は下半田前の山麓にぶつかり、多くの家屋をなぎ倒した。濁流が村中に溢れ、床上三尺（約一メートル）まで浸水した。

さらに十ヶ川の屈曲した箇所から水が溢れ、まっすぐ入江に流れ出し、周辺の酒蔵を全壊させた。人々は、祭礼用の祭船まで蔵から引き出し、それに乗って避難した。

「お前さんの言う通りだったに。わしらの考えが甘かった……」


安政二（一八五五）年の暴風雨による水害の原因は、半田湊が英比川の土砂で埋まってしまったことにあった。これにより大量の濁水は逃げ場を失い、中野家の本邸や蔵を含む下半田の全村が浸水した。水はいつまでも村内に留まり、大地が泥海と化したのである。

半田村の庄屋であった三代・中野又左衛門の提言が、ここに来てようやく受け入れられた。

上流にある英久比諸村と岩滑村の合意を得、大洪水からわずか三日後には、半田村の自普請（村費）により、十ヶ川周辺の山方新田を掘削する大工事が始まった。

十ヶ川の川幅は、最も狭い所で六間（約十一メートル）しかなかったため、これを三倍の十八間（約三十三メートル）まで拡張し、長さ三百十五間（約五百七十メートル）の水路を切り開いて船江を造った。

こうして、元禄時代以来、東方へ流入していた十ヶ川の流れを変え、この船江に注がせる大工事を短時日のうちにやり遂げたのである。しかも船の出入りも容易になるという、一石二鳥の策であった。

「又左衛門様のおかげで、ようやく水が引いたに」

「だけんど、この有り様じゃに。わしらはどうして暮らしていきゃあいいだら？」

未だ、泥まみれの田畑は壊滅状態にあった。

「どうならあなぁ……」

半田村や岩滑村の百姓たちは、農作物が作れず途方に暮れた。

「旦那様……」

お救い小屋で、炊き出しを仕切っていたはつの元に、三代目が現れた。

「駒三に聞いて来てみたが、日増しに人が増えているな」

「はい。船江の工事に加わっていた者たちも、仕事がなくなり、こうして集まって来ています」

「困ったものだ……」

二年続きの災害により、粕酢の売り上げは前年に比べ、二割ほど落ち込んだ。それでもまだ、壊滅的な被害に遭った江戸や駿河（するが）よりはましな方で、今すぐ村人たちの救済に困ることはないが、問題は米が作れないことである。又左衛門家は酒と粕酢を販売しているため、原料になる米と酒粕（さけかす）がなくなっては製造が立ち行かない。それに何より……。

「中野の旦那様ぁ。お願ぇだに、何か仕事をくだせえ。なんでもしますに」

「お願いしますだ」

村人たちが次々と膝をつき、三代目を拝んだ。

（仕事がないという不安を消さなければ。今さえ乗り切ればなんとかなるという希望を、皆に与えなくては……）

「はっ」

三代目が妻を呼び、耳打ちした。

「風呂（ふろ）を炊いてくれ」

はつは心得顔で「承知しました」とうなずいた。

三代目は外向的で、発想力に優れた人物であるが、閃きが訪れるのは、おおむね湯船にゆったりと浸かっている時だった。これまでも、考えに考え抜いて解決しない問題が、湯船で寛いだ途端、天啓のように降りてくることが度々あった。

それゆえ普段は、早起きして朝風呂に入り、その日の仕事の段取りを考えることにしている。風呂場には一人で入るが、声の届く場所にはつにいてもらい、思いついたことを控えさせるのだ。

また稀に今回のように、考えが煮詰まって出口が見えなくなった時に、思い余って風呂に入ることがある。そうすると絡まり合った思考の糸が、するすると解けてゆくように思える。中途半端な時刻ではあったが、はつは早速、下男に命じて風呂を用意させた。

果たして、脱衣場ではつが控えていると、

「義父上に、今から伺っても良いかと尋ねて来てくれ」

四半刻（約三十分）もせぬうちに、三代目から声がかかった。妙案を思いついた時の、弾んだ声であった。

二代目と妻のとうは、離れの自宅で、濁水で汚れてしまった家財の点検をしていた。書画や着物などは破棄するしかなかったが、金物や焼き物、装飾品は、洗ったり継いだりすれば使えるものもある。目録が滲んで読めなくなってしまったこともあり、この機に先代の遺品も含め、家財を整理することにしたのだ。

下女が二人がかりで洗った品物を、とうが丁寧に拭いて縁側に並べ、それらを二代目が新たな目録に書き止めていたところへ、

「お父様。旦那様が、お話があるそうでございます」

はつが声をかけた。

「そうか。わかったと伝えてくれ」

「はい」

はつが去ると、とうは何も言わずに家財を片付け始めた。

「続ければ良いではないか。人払いが必要ならそう言うだろう」

「左様でございますか」

「それに、しっかり乾かさんと黴が吹く。日のあるうちに、急ごう」

「かしこまりました。……それにしても、浸水してすぐであれば、もう少し泥も落ちやすかったでしょうに」

とうがため息をつきながら言った。

「そう言うな。家財など後回しで良いのだ。先代の教えにもあるように、大切なのは、まず人だ」

二代目がたしなめた。

「義父上、よろしいでしょうか？」

三代目が、はつを伴って入って来た。

「義母上も、どうぞそのままで」

二人の下女を下がらせ、四人は向かい合わせで座った。

「お話と申しますのは、田畑が泥の海と化し、農作業ができぬ百姓を筆頭に、職を失った村人たちの働き口についてでございます」

「うむ」

二代目は腕組みをしてうなずいた。

「施してばかりでは、生きる気力を削（そ）いでしまいます。かと言って今のところ、当家にあれだけの人々を、長い間雇い入れるほどの仕事はございません」

酒方も酢方も、仕事を無くした彼らの親族をすでに雇い入れているため、十分に手は足りている。

「そこで、仕事を作ろうと考えました」

「と言うと？」

皆は息を潜めて、三代目の言葉を待った。

「当家の本宅を、山﨑（やまざき）に建てるのでございます」

山﨑とは、上半田と下半田の境にある高台のことで、かつて半田城があったため、城屋敷（しろやしき）

とも呼ばれている。

「本宅はここにあるではないか」

「はい。確かにこれまでの本宅は、商売の礎を築くため、蔵の近くに建てることが定石とされておりました。しかし当家はもはや、酢の売り上げだけで一万両を超えるほど、盤石の備えができております。その本宅が、このように水害に弱い地にあってはなりません」

三代目は、縁側に並べられた家財に目をやった。

「本宅が高台にあればこのような損失もなく、浸水に怯えることもなかった。それに、義父上と初代の功績を鑑みれば、堂々たる本宅があってしかるべきかと……」

「我らの威光を示すためと言うのか」

二代目は得心できぬという様子で、三代目を睨んだ。

「本来の目的はもちろん、村人たちに仕事を与えるためでございます。このまま施しを続けて何も生み出さぬでは、財の無駄遣いに終わります。しかし、本宅造営という目的があれば、そこに注ぎ込む費用は、彼らの糧となりましょう」

「………」

「もう一つ、大きな目的がございます。私は山崎に、ただ家を建てようとは考えておりません。手前側の地を掘って大きな池を造り、その土を使って背後に山を築き、たくさんの木を植えます。これが完成すれば、いずれまた大災害が起こった際には、村人たちの逃げ場となりましょう。山と木々は人々を津波から守り、池は水を溜めておけるばかりか、濾過すれば飲み水にもなります。つまりは本宅を、我らの村の避難場所にしてしまおうという試みにございます」

三代目は朗々と告げた。一同は、驚きの目で三代目を見つめている。

「それは……いったい幾らかかるのでございますか？」

はつが思わず口を挟んだ。

「幾らかかっても良いではないか。我らには今のところ、義父上が作られた『山吹』という、無限に財を成す打出の小槌があるのだからな」

二代目は、震える手で三代目の手を握り締めた。

「おまえは……。おまえという男は、どこまで大人物なのだ。……見事な策だ！　当家の威厳を保ち、人々に職を与え、避難場所を造るなど、わしには考えも及ばぬ。金など幾らかかっても構わん！　好きに使え！」

三代目の目から涙が溢れ、とうも目尻を拭った。

「はつ。小七は我が家の宝だな」

はつは、誇らしげに三代目を見上げ、大きくうなずいた。

この年に始まった本宅造営普請には、一日に約百名もの人々が関わることとなった。困窮に喘いでいた村人たちは、活気を取り戻した。地場の復旧に取り組みながら、工事に加わって生活の糧を稼いだ。

更地になった山崎の土地を見て、三代目は杖を手に中央に進み出た。懐から手拭いを取り出し、四つに折って目隠しをした。

「旦那様は何する気だに？」

皆は工事の手を休め、三代目の動向を見守った。

三代目は、「えいっ」と地面に杖を立てると、そのまま杖の先で地面を削りながら移動し始めた。

「ありゃあ、何のまじないだ？」

人々が口々に騒ぎ出した。三代目は、周囲の目などまるで気にならぬ様子で、一心不乱に何かを刻み続けている。左の方に長い線を引いたかと思うと、一旦最初の地点に立ち戻り、皆のいる方角に向かって、巨大な半円を描いた。

ふうっと三代目が息をつき、杖を丁寧に置いて手拭いを外した。

「親方！」

「へいっ」

大工の棟梁が駆け寄った。

「今、わしが彫った線に沿って、池を掘ってくれ」

「へっ？」

棟梁は振り返り、削られた地面の跡を見た。

「消えないうちに早く頼みますよ」

「こりゃ、いってぇ……？」

「心字池の『心』という字を描いたのだ。初代から二代へと引き継がれた、この杖でな」

三代目は杖を拾い上げ、天にかざした。


又左衛門家はこの年だけで、実に千七百三十二両もの費用を本宅の造営に注ぎ込んだ。これは酢の総売り上げの二割弱に当たるのだが、完成までに七年もの間、毎年多額の予算をかけ続けた。

本宅の普請が続く中、津波の影響で破損した、三百十石積の弁才船『富士宮丸』の修繕が完了した。災害からおよそ一年半ぶりに、江戸への荷出しが再開されることとなった。

澄み渡った青空の下、紋付袴の船主たちを前に、宮司による出港式が行われた。そのまま全員で船出を見送るのかと思いきや、三代目はただ一人、『山吹』の焼印が入った酢樽と共に小型の伝馬船に乗り、二尺幅（約六十センチメートル）の頑丈な板を渡って、伝馬口から富士宮丸に乗り移った。

船上で積荷の確認をしていた船頭の為助が、深い皺の刻まれた顔をしかめた。

「すまないが、岬まで乗せてくれんか。江戸に続く海を見てみたいんじゃ」

三代目は目を輝かせて言った。

「岬までって……そん後はどうなさるつもりだに？」

「あれに乗って帰るから、案ずるな」

為助が見下ろすと、伝馬船の船頭が苦笑いをしている。

「構わんけんど、沖での船渡りは揺れるで、気ぃつけなさいや」

為助は三代目を伴って、甲板から船乗りたちの生活の場である挟の間に入った。この部屋を抜け、階段を上がると舳先に出る。

三代目は舳先に立って、前方の海をひとしきり眺めた後、為助を振り返った。

「外艫（船尾）にも連れて行ってくれんか。海から村を見たい」

「いかん！　そげな危ねえこと。おめえさまに何かあったら、取り返しがつかんに」

「心配なら、命綱をつければ良かろう」

三代目に諦める気配がないと見るや、為助は無言で甲板を引き返し始めた。

弁才船の外艫は洞のような造りになっている。中央に巨大な舵が設置されているため、床がコの字型に空いており、間を板で塞いである。片側には竈があり、ここで煮炊きを行って、不要なごみはそのまま足元の海に捨てるのだ。

命綱を巻かれ、縄の端を為助に握られた三代目は、走り出した船から湧き出る波の泡と、その奥に見える半田湊を眺めた。

「気が済んだかに？」

船は波に乗って大きく揺れている。よろけて踏み外しでもすれば、即座に海に落ちることとなる。

「いや、あの端まで行ってみる」

「ちょうけたことを……」

為助はため息をついた。

三代目は舵の頭を横目に、慎重に床を這（は）い、船尾に辿（たど）り着いた。角立（すみだつ）（船の最後部の留まり柱）を握り締めながら身を乗り出した。

半田村が一望に見え、遠ざかって行く。

（あれがわしらの村じゃ。わしはあの村を、必ず守り抜いてみせる）

角立を摑（つか）む腕に力が入った。

「ワッセイワッセイワッセイワッセイワッセイ！」

山車（だし）の陣頭指揮を執る頭（かしら）が、だみ声を張り上げると、

「ワッセイワッセイワッセイワッセイ！」
揃いの法被を着た股引姿の男衆が呼応し、力一杯大綱を曳いた。

山車は全て二層建てになっており、金糸銀糸が刺繡された豪華な大幕と、名工による精巧な壇箱彫刻で飾られている。中では囃子方が絶え間なく神楽を演奏しており、前棚と呼ばれる山車の正面と、上山と呼ばれる二階正面それぞれに、からくり人形が設置されている。

山車の両側面に嵌め込まれた梶棒には、三間（約五百五十センチメートル）にも及ぶ大綱が結わえ付けられ、綱を曳く数十人の男衆によって、村内を巡回する。彼らの山車さばきは、特に角を曲がる場面が見どころである。直進する時はゆるりと進むが、方向転換の際は、梶棒方と大綱方が呼吸を合わせ、一気に車体を回すのである。

「二階から見る山車も、乙なものですね」
四輌の山車が、次々に目前の角を曲がってゆく様子を眺めながら、八代・中野半左衛門が言った。二十年ほど前に本家に養子に入った男で、元の名は陸井豊中。坂井村の豪商、陸井太右衛門の子息である。

大洪水から三年が経った安政五（一八五八）年三月下旬。三代・中野又左衛門をはじめ、前述の半左衛門、八代・中野半六、十一代・盛田久左衛門ら各家の当主たちは、料亭の二階の角部屋から、村祭りを見物していた。

最後の一輌が二階にいる檀那衆に気づき、車体を彼らの正面に向けて止めた。

お囃子がかき鳴らされる中、からくり人形が動き始めた。前棚の人形が『三番叟』を舞い、続いて上山の唐子人形が曲芸を披露した。一同は手を叩いて喜び、店の者を介して酒を振る舞った。

「なかなか見応えがあるものだな」

又左衛門がつぶやくと、

「まことに」

久左衛門が相槌を打った。又左衛門の出自は盛田家の五男（小七）ゆえ、盛田家の六男（命棋）にあたる久左衛門は、実弟である。

「ところで又左衛門殿、本宅の進み具合はいかがです？」

中野半六が尋ねた。半六とは二代・又左衛門の実子・傳之助のことで、小七が三代・又左衛門を継ぐべくはつの婿養子として迎えられた際は、まだ七歳の子供であったが、今や三十三歳。七代・中野半六を継いだ友吉が惜しくも七年前に急逝したため、急遽八代目となり、堂々たる家長に成長していた。

「巨大な心字池を掘って、その土を裏山に盛り上げ、地盤固めをしているところだ。家が建つのはまだ数年先だな」

「左様でございますか。父上が、それまで持てば良いのですが……」

一同の顔が曇った。年初め、二代・又左衛門が発作を起こして倒れた。命は取り留めたものの、六十八歳の高齢でもあり、そのまま床についてしまった。

一列になって目の前の広場に到着した山車が、今度は一輛ずつ、隣り合わせに並び始めた。ほとんど隙間なく、山車を並列に止める技術は、長年船さばきに熟練してきた、男たちのなせる業(わざ)である。

「今は、義父上の話はよそう」

又左衛門が言った。

「それよりも、商売の立て直しが先決だ。我らは本日、そのために集まったのだからな」

一同が神妙にうなずいた。水害による大打撃は、未だ癒えてはいない。この日は祭り見物にかこつけて、各家の当主だけの、内輪の会合を持とうというわけであった。


この年、彼ら四人に小栗富二郎(おぐりとみじろう)と手代八名を加えた一同で、「定(さだめ)」が制定された。「定」とは商売の心得や規則をまとめたもので、俗に「店則(たなそく)」とも呼ばれる。
・臨時出費が必要な時は一統相談の上取り計らい、一了見をもって借金等しないこと
また、借金の相談が壱人へあった時でも、受合わず一統評議の上取り計ること
・金五両以上の普請等が必要な場合は、一統評議の上取り計ること
・もし背きがあった者は、一統評議の上隠居させること
など、九項目が定められた。これにより一統の結束を固め、困難の際は共同で乗り切るこ

とし、半田村の発展と拡大を目指したのである。

「義父上、お加減はいかがでございますか?」

夕刻、又左衛門が離れに住む二代目を訪ねた。ちょうど、とうが粥(かゆ)を、二代目の口に運ぼうとしているところであった。二代目は布団(ふとん)に座ったまま又左衛門を見て、

「小……七……」

とつぶやき、弱々しく微笑(ほほえ)んだ。言葉が多少不自由になったこともあり、あまり多くを語ろうとしない。

(あの矍鑠(かくしゃく)とされていた義父上が……)

又左衛門は、目頭が熱くなるのを懸命にこらえた。

夕暮れ時にその日一日の報告をすることを、又左衛門は日課としていた。売り上げが幾らだったとか、誰がどうしたとか、他愛のない話であることも多いのだが、それでも二代目が、今も商売に関わっていると、感じていてもらいたかった。

安政七(一八六〇)年が明けてすぐ、二代目が発作を起こし、生死の境を彷徨(さまよ)った。皆がつきっきりで看病し、息子の半六はじめ一統の者たちも、次々に見舞いに駆けつけた。三日目の朝、ようやく容体が落ち着き、二代目が目を開けた。

「お父様！」「旦那様！」

はつとうが同時に呼びかけた。声に反応し、二代目の瞳がぎこちなく動いた。彼女たちの背後には又左衛門と半六が、さらには久左衛門などの血縁者たち、駒三らお店者も控えている。

「う……」

二代目が声を発し、皆がホッと安堵した。だが、もはや言葉を紡ぐことはできないようであった。

「命が永らえただけでも僥倖にございます。次に発作が起きれば、もう……」

医者が首を横に振った。

「又左衛門殿、どこへ？」

半六が止めるのも聞かず、又左衛門は座敷を後にした。


（義父上が亡くなってしまう……）

土蔵の裏に回り、又左衛門は焼杉でできた黒壁に背を預け、ズルズルとしゃがみこんだ。

子供の頃は、穏やかで優しい叔父であった。婿養子に入ってからは、とても厳しい義父となり、叱責されてばかりいた。酔うと陽気になって、『山吹』の販路を安定させた頃から、やっと認めてもらえるようになった。

（名古屋の旅は、楽しかった……）

『江戸や三すし』で、皆で夢中になって江戸前鮨を食べた。

特に深夜、皆で行灯（あんどん）を囲み、肩を寄せ合って食べたおぼろの細巻きずしは格別であった。

婿入りして間もない時期でもあったため、あの旅で義母や妻とも、打ち解けられた気がした。

地震と台風による危機も共に乗り越え、身体が不自由になってからも、心の支えであったのに……。

（このまま、ただ見届けるしかないのか……!?）

又左衛門は、腕の中に顔を埋めた。

二代目が存命の間に、少しでも多く功績を上げたい——。

又左衛門は、一心不乱に仕事に打ち込んだ。二代目を喜ばせ、安心させたい。その思いで、山方新田に新たな酢蔵を建てる計画を立て、『山吹』の上をゆく高級粕酢の開発にも挑んだ。山崎にも度々足を運び、本宅造営の指揮を執った。

「義父上！」

うららかな春の日、又左衛門が縁側から離れに飛び込んできた。

「心字池が掘り上がりましたぞ！　是非ご覧くださいませ！」

とうは目を丸くして又左衛門を見た。二代目はもはや、自力で起き上がることもできないのだから。

「いったいどうやって……」

「心配はご無用にございます。こちらをご用意致しました」

庭に、四人の駕籠かきたちに担がれた、天蓋付きの御輿が入って来た。横になったまま二代目を運べるよう、長尺に設えられている。

「特注で造らせました」

又左衛門が意気揚々と言った。

「まあ……」

とうが驚いて口元を覆った。

「旦那様が、どうしてもお父様を連れて行くとおっしゃって……」

御輿の後ろに、はつと半六姉弟も控えていた。

「はつから、義父上がかつて、歩けぬようになった初代の奥様を、駕籠に乗せて花見にお連れした話を聞いておりました。今度は私が、この御輿で義父上を、造営中の本宅にお連れ致します」

喋れぬまでも、二代目はかすかにうなずいた。

「旦那、こっから先へは入れやせんや」

山﨑の造営現場の入り口で、駕籠かきの頭が言った。心字池に続く道は細く、ここかしこに小石が転がっている。

「ご苦労。ここで戻るまで待っていてくれ」

又左衛門は頭に駄賃を渡し、皆の手を借りて二代目をおぶった。

「義兄上、父上は私が背負います！」

五十を過ぎている又左衛門を気遣い、半六が申し出たが、

「帰りは任せる。だが、行きは私に背負わせてくれ」

又左衛門は二代目を背に、力強く歩き出した。以前に比べて痩せたとはいえ、自分より身体の大きい義父を背負うのは骨が折れたが、この重みが又左衛門家を背負う重みであり、二代目への感謝の重みであると信じ、一歩一歩を踏み出した。

水を張る前ゆえ、心字池はぽっかりと広大な穴を空けている。又左衛門は、二代目を背負ったまま穴の縁に立った。

「今はまだ空っぽですが、水を張ればこの池は、その名の通り『心』の字の形を現します。義父上が初代から譲り受けた杖をお借りして、代々の思いを込めて描きました」

返事をする代わりに、二代目は又左衛門の肩をぎゅっと握った。

又左衛門は次に対岸に目を向けた。

「いずれはあそこに家が建ちます。華美にはせずとも名工たちを集め、どこに出しても恥ずかしくない普請にしようと考えております。義父上には是非あそこで、心字池を眺めながらゆったりと暮らしていただきとう存じます」

二代目の目に涙が滲んだ。背後ではほつと半六が、目頭を覆った。

だが、又左衛門の願いも虚しく、二代目が本宅の完成を見ることはなかった。

知らせを受け、又左衛門が病床に駆けつけた時には、すでに二代目は虫の息であった。数日前から危うい状態だと聞いてはいたが、仕事に忙殺されるに任せ、深く考えないようにしていた。

「旦那様……」

はつが、泣き濡れた顔で又左衛門を見上げた。二代目の側でずっと気を張り続けていたというは、やつれた表情でぺたりと座り込んでいる。

「急に脈が弱まりましてな」

医者が言った。

「方々にも使いを出しておりますが、間に合いますかどうか……」

半六がうなだれた。又左衛門が枕元に膝をついて覗き込むと、二代目は、阿弥陀仏のように穏やかな表情で眠っていた。

「義父……上……」

覚悟はできてはいたが、いざこの時を迎えると、さまざまな思い出が脳裏をよぎり、胸が詰まって息ができなくなった。

（もう、会えない……）

真面目で繊細で優しくて……。書画や茶の湯を愛し、風流を愛された。数々の苦難がなければ、どれほど穏やかな人生を過ごせたろうに……。それでもこの家を守り続け、『山吹』という宝を残し、私を一人前にしてくださった――。

こらえきれず、又左衛門の目から一滴の涙がこぼれ、二代目の頬に落ちた。

（義父上――！）

……と、二代目がうっすらと目を開けた。

「こ……し……ち……」

「義父上！　話せるのですか!?」

又左衛門が二代目の手を握った。皆はまさか、という思いで二人を見つめている。

二代目は、震える手で又左衛門の手を握り返した。乾いた唇を開き、一度喉を上下させると、

（た……の……む……）

かすかに口元が動いた。声にならない声が、確かに聞こえた。堰を切ったように、又左衛門の目から滂沱の涙が溢れ落ちた。

「お任せください！　私がきっと、義父上が守り抜かれた又左衛門家を、今よりもずっと大きく繁栄させ、子々孫々に繋いでみせます！」

二代目はじっと又左衛門を見つめ、安堵したかのようにホォーッと息を吐くと、そのまま帰らぬ人となった。

「ち……ち……うえ……？」

全ての憂いから解き放たれた、子供の寝顔のようであった。

「ああ……あ…うぉ――……!!」

もはや意思のない手を握り締め、又左衛門は咆哮した。その背にはつがそっと手を添え、皆は静かに涙を流した。

二代目が逝った後、又左衛門は二代目との約束を果たすべく懸命に働き、粕酢の売り上げを飛躍的に伸ばした。ついには自家所有の酒株を譲渡して酢方一本に絞り、三万両を超える売り上げを叩き出した。

しばらくは、文久二（一八六二）年に七年がかりで完成させた山﨑の本宅で暮らしていたが、自身の寿命を悟った慶応三（一八六七）年正月、子供のいなかった又左衛門は、生家である盛田家から小吉を養子に迎えて四代目を継がせ、四月に息を引き取った。享年六十。二代目の死から、わずか七年後のことであった。

奇しくも三代目が亡くなった同じ年――。

大政奉還により、二百六十五年続いた江戸幕府は、終わりを告げた。

（完）

あとがき

私が愛知県半田市にあるミツカングループの本社を訪れたのは、二〇一二年の年明け早々のことでした。当時は『知ってトクする調味料のヒミツ』というコラムを新聞連載しており、お酢について深く知るため、ミツカングループのお酢の博物館『酢の里』（二〇一三年閉館。後に新たな企業情報発信施設として、『ＭＩＺＫＡＮ ＭＵＳＥＵＭ〈ミツカン ミュージアム〉』が二〇一五年に開館）の取材を申し入れたのです。

『酢の里』では、江戸時代からの酢造りの歴史が、昔の道具や模型などで学べるようになっていました。私はその時に初めて、ミツカングループの創業者である中野又左衛門という方が、酒造業で余った酒粕で酢を造ることを発明し、江戸に運んで広めたことが、今や世界中に知られる〝寿司 -SUSHI-〟の発展に繋がったことを知りました。

それまであった米酢は高価で、市井の人々が気軽に使える調味料ではなかったこと、故に安価で旨味も甘味もある粕酢が歓迎され、握り鮨ブームを作ったことを知り、大いに驚いたものです。と同時に、なぜ日本の食文化を変えるほどの重要な功績が世間に知られていないのかと、憚(はばか)りながらじれったくもあり、コラムや著書に書き、江戸の食文化をテーマにした講演会では、積極的に話すようにしていました。

江戸前の四天王である「蕎麦」「鰻」「鮨／寿司」「天麩羅」についての話は人々の関心を引き、中でも「鮨／寿司」の話は人気があります。

我が国のすしのルーツは、東南アジアにあると言われています。米作りが盛んな地方で作られていた魚の漬物が、太古に中国へ渡り、稲作農法と共に日本に伝来しました。

この魚の漬物は『な（熟／馴）れずし』と呼ばれ、塩漬けにした鮒や鮎にご飯を詰め、数ヶ月から数年にわたって乳酸発酵させたものです。今も残る、滋賀県の郷土料理である『鮒ずし』は典型的な『なれずし』の一種で、原形を留めなくなったご飯部分を取り除き、魚部分だけをいただきます。

室町時代になると、ご飯を捨てるのはもったいないと、漬け置く期間を数週間以内に留め、ご飯も一緒に食べるようになりました。これを『生なれずし』と呼び、やがて塩だけでなく、ご飯に酒や酒粕、麹などを加えることで、発酵を促進させました。

時代が下って江戸時代には、すでに米酢が流通していたこともあって、手っ取り早くご飯に酢を混ぜて作る、発酵させないすしが誕生しました。ご飯にネタを乗せて押し、一、二日ほど寝かせて作るすしは『早ずし』と呼ばれ、現在も郷土料理や土産物などでよく見かける、『姿ずし』『箱ずし』『棒ずし』などに変化してゆきました。

初代・中野又左衛門が文化元（一八〇四）年に半田から江戸に下った頃、江戸でよく食べられていたのは、笹や柿の葉で一つずつ巻いて押した『包み押しずし』や、前述の『箱ずし』、あるいは『箱ずし』を手のひらに乗るほどの大きさに四角く切った『箱切りすし』、海苔や玉子焼きで巻いた『巻きずし』などの早ずしで、『握り鮨』はまだ誕生していませんでした。

作品中、初代が堺屋松五郎と出会い、江戸の醬油酢問屋との取引を決めたシーンはフィクションではありますが、初代の粕酢がこの頃からじわじわと江戸に浸透し、その後始まる握り鮨ブームを支えたことは、江戸向けの出荷量の飛躍的な増加からも、容易に想像できるのではないかと思います。

初代が家を興し、二代目が基盤を作り、三代目が発展させる――。

「大事業は三代で成る」の言葉通り、又左衛門家は、初代が分家して粕酢を発明し、二代目が高級粕酢『山吹』を生み出し、三代目が革新的な才覚で飛躍的に売り上げを伸ばしました。

しかも彼らは過酷な試練をくぐり抜け、家業を繁栄させたに留まらず、地域貢献に務め、多くの村人たちの生活を支えました。

握り鮨文化を世界に広める礎となったミツカングループの土台はこうして築き上げられ、二百年以上もの間、綿々と受け継がれていることに感動を覚え、史実にもとづいた歴史小説を書き上げることができました。

今は一人でも多くの方々に、この偉業を知っていただきたいと願うばかりです。

最後に、本書執筆にあたり、取材に応じてくださった多くの皆様、特に毎回貴重なご助言をくださった、愛知淑徳大学教授の日比野光敏先生、並びに一般財団法人招鶴亭文庫・ミツカングループの皆さまに、心から御礼申し上げます。

二〇二〇年十月吉日

車 浮代

主要参考文献

【書籍・写真集・漫画】

『MATAZAEMON 七人の又左衛門』新訂版 ミツカングループ創業二〇〇周年記念誌編纂委員会 株式会社ミツカングループ本社 二〇〇四年

『七人の又左衛門 二百年の挑戦』本宮ひろ志 監修/金井たつお 作画/和順高雄 シナリオ 株式会社ミツカングループ本社 二〇〇五年

『中埜家文書にみる酢造りの歴史と文化』全五巻 日本福祉大学知多半島総合研究所/博物館「酢の里」共編著 中央公論社 一九九八年

『江戸時代の酢造り工程と酢造りの装置・道具』一般財団法人招鶴亭文庫 二〇一八年

『酢造りに用いた樽と大桶の作り方及びその装置と道具』一般財団法人招鶴亭文庫 二〇一九年

『半田町史』愛知県半田町 名著出版 二〇〇〇年

『半田市誌 文化財篇』半田市誌編さん委員会 編 半田市 一九七七年

『半田市誌 祭礼民俗篇』半田市誌編さん委員会 編 半田市 一九六八年

『新修半田市誌 本文篇』下巻 半田市誌編さん委員会 編 半田市 一九八九年

『偲ぶ 與兵衛の鮓 家庭「鮓のつけかた」解説』復刻版 小泉清三郎 著/吉野昇雄 解説 主婦の友社 一九八九年

『すし天ぷら蕎麦うなぎ』飯野亮一 ちくま学芸文庫 二〇一六年
『すし物語』宮尾しげを 講談社学術文庫 二〇一四年
『寿司大全』柑出版社編集部 二〇一八年
『近代海運史料』柚木学 編 清文堂出版 一九九二年
『東京新川の今昔』岡村亀崖 岡村岑三郎 一九六三年
『江戸の酒』吉田元 岩波現代文庫 二〇一六年
『酒蔵の町・新川ものがたり 高木藤七小傳』高木藤夫／高木文雄／沢和哉 共編 清文社 一九九一年
『酒蔵の町・新川ものがたり 資料集』高木藤夫／高木文雄／沢和哉 共編 清文社 一九九一年
『近世灘酒経済史』柚木學 ミネルヴァ書房 一九六五年
『丹醸銘酒劒菱への旅』山京東伝 日本図書刊行会 一九九三年
『まんが亀甲鶴』小栗風葉 原作／高瀬斉 作画 三宝社 二〇〇六年
『旅からわかる江戸時代 3：特産物はどう運んだ？ 船と物の旅』深光富士男 河出書房新社 二〇一九年

【機関誌】
『招鶴亭文庫VOL.1 絵図と古文書にみる半田のむかし』一般財団法人招鶴亭文庫 二〇〇九年

『招鶴亭文庫ＶＯＬ．２　先人の挑戦と技～衣浦湾岸の新田と半田の水道～』一般財団法人招鶴亭文庫　二〇一〇年
『招鶴亭文庫ＶＯＬ．３　海にひらく半田～湊と廻船～』一般財団法人招鶴亭文庫　二〇一一年
『招鶴亭文庫ＶＯＬ．４　醸しの半島、知多　其ノ壱・酒づくり　酒とビール』一般財団法人招鶴亭文庫　二〇一二年
『招鶴亭文庫ＶＯＬ．５　醸しの半島、知多　其ノ弐　受け継がれた郷土の味　味噌　溜・醤油　味醂』一般財団法人招鶴亭文庫　二〇一三年
『招鶴亭文庫ＶＯＬ．６　醸しの半島、知多　特別編　醸し　旨し　話し』一般財団法人招鶴亭文庫　二〇一四年
『招鶴亭文庫ＶＯＬ．７　中埜家文書にみる　酢造りの歴史と文化』一般財団法人招鶴亭文庫　二〇一六年
『招鶴亭文庫ＶＯＬ．８　醸しの半島、知多　其ノ参　酢造りとすし文化　半田のお酢と江戸のすしのおいしい関係』一般財団法人招鶴亭文庫　二〇一七年

【パンフレット】
「豊橋市二川宿本陣資料館　展示案内」
「幕末異文化交流下田絵巻　黒船」了仙寺宝物館 編　二〇〇三年

初出　月刊誌『パンプキン』二〇一八年四月号から二〇二〇年五月号に連載。
単行本化にあたり加筆・修正しました。
本書は、事実にもとづいたフィクションです。
『山吹』は株式会社Ｍｉｚｋａｎ　Ｈｏｌｄｉｎｇｓの登録商標です。

時代考証：東京学芸大学名誉教授　大石 学
企画協力：いつか事務所

車 浮代（くるま うきよ）

時代小説家／江戸料理文化研究家。大阪府出身。セイコーエプソン㈱のグラフィックデザイナーを経て、故・新藤兼人監督に師事し、シナリオを学ぶ。主な著書は『蔦重の教え』『落語怪談 えんま寄席』『春画入門』『江戸の食卓に学ぶ』『１日１杯の味噌汁を守る』など。新刊に『免疫力を高める最強の浅漬け』（藤田紘一郎教授と共著）がある。国際浮世絵学会会員。

kurumaukiyo.com

天涯の海 酢屋三代の物語

二〇二〇年 十月 二十日 初版発行

著 者――車 浮代
発行者――南 晋三
発行所――株式会社 潮出版社
〒一〇二―八一一〇
東京都千代田区一番町六 一番町ＳＱＵＡＲＥ
〇三―三二三〇―〇七八一（編集）
〇三―三二三〇―〇七四一（営業）
振替口座 〇〇一五〇―五―六一〇九〇

印刷・製本――中央精版印刷株式会社

©Kuruma Ukiyo, 2020, Printed in Japan

ISBN978-4-267-02259-3 C0093

乱丁・落丁本は小社負担にてお取り替えいたします。

本書の全部または一部のコピー、電子データ等の無断複製は著作権法上の例外を除き、禁じられています。

代行業者等の第三者に依頼して本書の電子的複製を行うことは、個人・家庭内等の使用目的であっても著作権法違反です。

定価はカバーに表示してあります。

http://www.usio.co.jp/